rororo

Zu diesem Buch

«Elfriede Jelinek demonstriert ein geradezu unheimliches Talent: Sie kann den optimistischen, freundlich-öffentlichen, dabei so herrlich privat aufgeschlossenen Ton der massenmedialen Kinder-, Quiz- und bunten Familien-Sendungen verrückt genau treffen.» («Süddeutsche Zeitung»)
Elfriede Jelinek, am 20. Oktober 1946 in Mürzzuschlag/Steiermark geboren und in Wien aufgewachsen, studierte Theaterwissenschaft, Kunstgeschichte und Musik. Lyrik und Prosatexte erschienen in Anthologien und Literaturzeitschriften vor ihrer ersten Buchveröffentlichung «wir sind lockvögel baby!» (rororo Nr. 12341). Sie schrieb Essays, Hörspiele («Erziehung eines Vampirs», «Frauenliebe – Männerleben») und die Bühnenstücke «Was geschah, nachdem Nora ihren Mann verlassen hatte», «Clara S.», «Burgtheater» und «Krankheit oder Moderne Frauen». 1986 erhielt Elfriede Jelinek den Heinrich-Böll-Preis der Stadt Köln, 1987 den Literaturpreis des Landes Steiermark.

Elfriede Jelinek

Michael

Ein Jugendbuch für die Infantilgesellschaft

Rowohlt Taschenbuch Verlag

7. Auflage Oktober 2004

Veröffentlicht im Rowohlt Taschenbuch Verlag,
Reinbek bei Hamburg, Juni 1972
Dieser Titel erschien erstmals 1972
in der Reihe «das neue buch»

Umschlagentwurf Klaus Detjen
Gesetzt aus der Garamond (Linotron 202)
Gesamtherstellung Clausen & Bosse, Leck
Printed in Germany
ISBN 3 499 15880 9

Die Handlung dieses Buches ist frei erfunden.
Jede Ähnlichkeit mit lebenden Personen
ist unbeabsichtigt und rein zufällig.

guten tag meine lieben ich freue mich euch endlich persönlich kennenzulernen!

bloss eines stört mich an euch: immer sollen die andren schuld sein. ihr müsst schon besser schauen wenn ihr die stiege herun terfallt oder überfahren werdet oder eure stellung verliert.
da stellt man eben die bildschärfe genauer ein. der knopf ist doch wohl gross genug dass ihr ihn seht. nicht? manche von euch ha ben sich dabei zu richtigen kleinen fachleuten entwickelt. die andren müssen allerdings noch fest üben.
und noch ein tip fürs wochenende:
wenn euch beim fernsehn mal friert dann holt rasch die warme jacke! bevor es einen schnupfen gibt. im kasten liegt sie doch. die hat euch nun wirklich keiner weggenommen.

erzählung

solche die zuschauen nennt man zaungäste alle andren bilden die grosse lesergemeinde.
aus einer tür läuft ingrid aus der andren gerda. sie sind kaufm. lehrlinge. ihnen fehlt noch immer die kleinigkeit auf dies an kommt.
sie lesen in der zeitung immer über sachen die höhere schülerin nen in ihrer freizeit treiben. manchmal verstehen sie nicht alles. wenn man sie fragt antworten sie: freitag um 4 ist die arbeit der woche vorbei.
freitag um 4 fühlen wir uns so glücklich & frei. das ist alles was sie können. sie wiederholen es immer wieder wie die idioten.
vorsicht vor zuviel! das sieht leicht angemalt aus.

wir wollen nur ein wenig zuschauen. wir wollen nichts kaputt machen. wir sind auch ganz ruhig und stören nicht. natürlich. ich bin für den rummel verantwortlich. ich fotografiere schöne klei der. wenn ihr fleissig seid dürft ihr euch vielleicht ein neues kleid zum geburtstag wünschen.
zuerst aber reisse ich euch den reissverschluss auf. ich schlage euch mit der flachen hand ins gesicht eure köpfe fliegen zurück. ich berate & beantworte. mini ist noch nicht passé. er wirkt wie der kombiniert mit wollstrümpfen in der farbe des kleides. ich versetze euch je einen schlag ins kreuz dass ihr taumelt.

haben sie noch lederreste in ihrer flickenkiste liebe gerda? nein? dann trete ich ihnen die oberen & unteren schneidezähne ein liebe gerda.

ohne fleiss kein preis. ich bekomme aber auch mit fleiss nur wenig. weil du eben zuwenig fleissig bist.
ingrid bitte kommen sie einen augenblick. ich reisse ihnen die hände von dort weg wo sie sie haben. was darunter zum vorschein kommt ist so hässlich dass sie nicht in den spiegel sehen sollten. dieser schöne warme maximantel! darf ich ihn nur einmal probieren? das sieht bei mir sicher ganz albern aus. ist aber herrlich warm.
sie sollten lieber vorerst ihr übergewicht bei der brigitte diät loswerden und gezielt gümnastik treiben.
bitte bitte! fotograf gordon schlägt sein kamerastativ der blonden gerda mit wucht über den schädel. gerda fällt gleich um da liegt sie und ein blutiges rinnsal läuft aus ihrem rechten auge über die schläfe hinunter. weitere rote spuren überziehen rasch ihren hals mit einem netz.
wie sagt man denn wenn man etwas möchte? bitte bitte. ich höre nichts. bitte! na also. trotzdem stopfe ich ihnen den echten fuchskragen in den hals dass sie röcheln müssen.
was kostet das?
das sollte die allerletzte frage sein.
ja wo ist denn meine inge? komm her küsschen geben. schnell!
inge kommen sie bitte einen augenblick zu mir. ich will ihnen so weh tun dass sie sich senkrecht aufrichten wie flipper.
so ein schöner weicher stoff. weicher als alle weichen sachen die ich kenne. ingrid befühlt ihn zwischen den fingern. sie fragt oft darf ich? könnte ich? kann ich mal? sie sagt bitte & danke.
was tut ingrid trotzdem weh? es sind stecknadeln die ihr unter die haut gejagt werden in den arm. eine spitze schere wird ingrid auch noch in den rechten oberschenkel getrieben dass sie aufheult. sie schreit mutter darf ich? könnte ich? kann ich mal? bitte!

die männlichen kollegen: muff ganz schlimm scheusslich dummer aufguss von anno dazumal unerotisch unproportioniert unzeitgemäss unpraktisch alberne verkleidung plump und zugehängt.

ich als mann kann natürlich nur für uns männer sprechen.
ich erlaube keine offenen flatterhaare keine langen hosen im be trieb. die mädchen müssen weisse kittel tragen.
ich freue mich gerda dass wir uns einmal ausserhalb des betriebs treffen. da ist man doch unbefangener. ich hebe sie am kreuzband in die luft und klatsche sie bauchvoran gegen die hausmauer. sie schlittern herum wie eine eiskunstläuferin.
so ein gutes stück sollten sie sich leisten. so meint die fachfrau fürs kombinieren. kombiniert mit pullovern blusen oder den neuen chasubles sieht das immer gut aus auch an ihrem arbeitsplatz.
wir müssen zur arbeit kittel tragen.
jäh wird ernst aus dem spiel. die fachfrau fürs kombinieren schnallt ihren wildledergürtel mit den metallnieten ab und schlägt ihn unsrer gerda ins gesicht. kleinere knochen wie das nasenbein brechen sofort ab. die haut platzt auf wenn sie nicht mit etwas steifstoff unterfüttert wird.
warum tun sie das? seufz. mein chef ist so streng zu uns und jetzt sind sie auch streng zu uns. wir bemühen uns doch.
ich möchte mich der meinung meiner freundin anschliessen. ich bin der meinung dass sie uns nicht schlagen dürfen weil wir im büro genug zu tun haben.

ich steche ihnen das rechte auge aus und stochere in der höhle herum. vielleicht haben sie recht aber änderungen gehen nicht von heute auf morgen. ihr rechtes auge rinnt schon hellrot aus. sie sind jetzt ein mensch mit einem auge und einer leeren augenhöhle gerda. sie tropfen über die neuen sachen und springen herum weil sie nur mehr flächig und nicht räumlich sehen können. sie schätzen die entfernungen falsch ein.
also so geht das nicht! reden können sie in ihrer freizeit genug. warum heulen sie denn? natürlichkeit ist trumpf.
gerda fällt wie ein frosch und schreit ein bisschen und verliert farbe.

rico der fotograf der von hübschen gesichtern mehr versteht als mancher andre steckt sich an der tankstelle gutmütig den schlauch selbst in den tank. er weist einen vw aus der parklücke. ein blondes mädchen bedankt sich lächelnd. sie trägt eine sonnenbrille und einen lustigen schlapphut. auf dem rücksitz eine bunte anhäufung

von fröhlichem durcheinander. ein schweres paket und mehrere tragtüten mit aufdrucken von modegeschäften. soviel unbeküm mertheit mitten im verkehr.
wir möchten gern mit. sehnsüchtig blicken ingrid und gerda die kaufm. lehrlinge hinterdrein.
aber schon knirscht ein stiefel ricos unsrer gerda ins genick und macht zwei hälften aus ihr. und wo ist ihr rechter fuss geblieben? so verrenkt sieht er aus als ob er nicht mehr zum körper gehörte.
wer windet sich eben unter den kopfschlägen gordons? richtig es ist ingrid der hosentüp. gegen schicke samt oder stoffhosen kann ihr chef sicher nichts einzuwenden haben. vor allem wenn sie bei ihren etwas breiten hüften mit einem kasack kaschiert sind.
ingrid beneidet alle die gegen den wind die kragen ihrer trench coats aufstellen und deren haar in die stirn fällt und immer wieder nachlässig zurückgestrichen oder geworfen werden muss.
gerda schaut allen die hohe stiefel tragen und ihre schultertaschen am langen riemen festhalten und sonnenbrillen auf die stirn rücken und grosse ringe tragen und gerade cafés betreten sehnsüchtig nach. beide: eher pummelig. sie tun nichts gegen ihre pickel ihr glanzloses haar ihr übergewicht. sie verwenden keinen hauch von makeup nicht mal puder. nur etwas lippenstift. (zu gelblich passt nicht zum teint.) weiche wildledermokassins treten ingrids beine auseinander. darunter ist das absolute nichts an stoff.
wie ist das möglich fragen sie dass manche ihr gewicht so mühelos von einem fuss auf den andren verlagern. so als ob nichts gesche hen wäre. wie ist das möglich dass sich manche eine zigarette an zünden und dabei so aussehen als ob sie das jeden tag täten.
glauben sie nur ja nicht wir sehen sie nicht!
hast du schon einen freund?
nein. ich muss doch schon um 11 zu hause sein.
der druck des vorschlaghammers reisst die puppe ein stück in die luft dann sinkt sie an der mauer zusammen.
es sieht aus wie etwas das schon mal irgendwo passiert ist.

werner hielt mir die türe auf. ich sah nichts vor lauter tränen. ich liess mich auf einen der roten brokatsessel fallen. mein regenman tel klebte nass an meinen beinen. die handschuhe hatte ich verlo ren. auch die weisse strickhose war schmutzig. ich glaube ich hatte nie vorher so trostlos ausgesehen. du bist schön sagte werner leise.

ich senkte den kopf bis mir das haar wie ein vorhang über das gesicht fiel. behutsam zog werner es beiseite. ich will dich sehen! ich schloss die augen. ich war unendlich müde. langsam begann wärme in meine erstarrten glieder zu fliessen.

der vorhang schloss sich obwohl noch das wort ende auf der lein wand zu sehen war.

es gibt kein schlechtes wetter. es gibt nur unpassende kleidung.

meine lieben!

sicher wart ihr auch schon mal im kino.

erzählung

willy fisch sagt zu seinem sohn thomas: ich muss dir etwas sagen. du hast einen bruder. pause. verlegen sagt willy fisch zu seinem sohn thomas der im film andreas angermann heisst: das war natürlich lange bevor ich mama kennenlernte. über andreas' gesicht geht ein leuchten das heisst ein lächeln. man sieht er muss seine mutter sehr geliebt haben.

guten tag kommen sie doch herein. wir besuchen inge meise in ihrem heim. sie springt vor freude im kreis schlägt rad und sagt ich weiss nicht warum die leute mich so mögen es ist wohl weil sie keine puppe sondern einen lebendigen menschen in mir sehen.
haben sie keine angst ich beisse nicht ich bin ein mensch wie du und ich. inge bohrt in der nase wälzt sich auf dem parkett setzt sich in die zigarettenasche und kracht mit der stirn gegen die mauer dass ihr das gebiss klappert. sie fährt mit den zeigefingern in die nase und zieht die nasenflügel auseinander. sie ordnet blumen in der vase.
schliesslich war ich auch mal eine von ihnen. jetzt bin ich keine mehr von ihnen.

thomas probt die fechtszene aus romeo & julia. er ist tollkühn und jungenhaft übermütig aber mit einem grossen ernst dahinter. begei stert sieht gitta die junge schauspielerin (die die julia spielt) ihm zu. sie lacht. plötzlich wird sie ganz ernst.

inge meise nimmt anlauf rennt die wand hoch marschiert in ihrem ulkigen watschelgang den wir alle so gut kennen über die decke verliert die schuhe die bluse geht auf. plötzlich kracht sie auf die hirnschale dass die splitter sprühen. ihr staucht es die stirnwand ins nasenbein und den unterkiefer in die halswirbel. krach sagen die knochen und brechen gleich ab. inge meise sieht so alt und hässlich aus dass wir den atem anhalten liebe leser. was ich mache ist in wirklichkeit nicht kintopp. ich bin immer ich. wollen wir es natür lichkeit nennen? inge bohrt sich in löchern herum.

lustig war auch wie thomas seinem vater willy einreden wollte dass er noch immer im studentenheim wohne obwohl er längst sein studium aufgegeben hat und schauspieler werden will. eine freun din dort hat ihm ihr zimmer überlassen damit sein vater glaubt es ist alles in ordnung. aber die freundin der freundin weiss nichts von dem zimmertausch und kommt einfach rein und sagt zu tho mas von dem sie glaubt er ist ihre freundin: ich komm mit meinem büstenhalter nicht klar. kannst du ihn mir mal richten? wie sie tho mas und willy sieht rennt sie kreischend davon. der alte herr lä chelt leicht und denkt sein sohn ist doch ein teufelskerl.

inge meise bewohnt seit dem tod ihres mannes dieses wunder schöne haus ganz allein. der garten macht viel arbeit er macht aber auch viel freude. wir sagen zuerst ist das aber ein schönes haus dann klopfen wir nägel in die teuren möbel und bilder. wir reissen die tapeten runter und pissen auf den boden in den kamin in die vasen in den springbrunnen.
ich mache mich nur für die fotos hübsch. sie beschmiert sich mit marmelade und apfelmus. hab ich selbst eingekocht. das entspannt so richtig. sie leckt den schmutz von der wand. inge meise sagt zu uns: sicher gibt es leute die ihrer frau nicht jeden tag blumen oder geschenke bringen können. und doch wissen diese frauen dass sie geliebt (geliebt) werden. so ist das auch mit mir. inge schlägt sich vor freude auf den bauch dass das fett dröhnt. sie zieht sich selbst an den haaren dass ihr ganze büschel ausreissen. auch stampft sie gegen den teppich dass ihr der unterschenkel abknickt und der fuss auf einmal nach aussen statt gar nicht abgebogen ist. sie gräbt sich spuckend in den blumendünger ein.

natürlich weiss willy fisch genau dass sein sohn schauspieler wer den will. aber er läßt sich nichts anmerken. er will dass thomas so viel vertrauen zu ihm hat dass er ihm selber die wahrheit erzählt.

um auch etwas beizutragen ziehe ich inge meise sämtliche gummi bänder in die länge und lasse sie klatschend ins fleisch zurückknal len. rote striemen zeichnen sich sofort ab. machs nach lieber junge und liebes mädel! wollen sie ein autogramm für ihre leserge meinde? inge zieht an allem was sich an ihr bewegen läßt. das ist sehr viel. es ist noch kein meister vom himmel gefallen. die unter lippe inges sucht was am boden im schmutz. spucken sie nicht sagen wir im chor und gummisohlen ihr eins über die birne dass sie den grössten sprung ihres lebens macht.

gitta die junge schauspielerin (julia) und thomas (romeo) sprechen ihren text (balkonszene) sehr lieblos und eintönig. es ist keine seele drinnen. das kommt daher weil sie einander heimlich lieben aber zuviel zwischen ihnen steht (z. b. thomas' lügen oder gittas eifer sucht auf die studentin von der sie glaubt da ist etwas zwischen ihr und thomas. es ist aber nichts zwischen ihr und thomas. sie sind nur gute kameraden. das weiss der kinogeher das weiss aber leider gitta nicht.) wie gitta die wahrheit erfährt und thomas nicht mehr lügen muss da spielen beide auf einmal innig und erleben das ganze rich tig.

hoppauf für inge. inge kehrt heim. inge findet das glück. alles für inge. inge komm wieder! wir warten auf dich inge. inges grosses geheimnis. schwester inges herzeleid. eine mutter für inge. komtess inge hat sehnsucht. das haus der gräfin inge. inge und wir. wir und inge. bleib mir treu ein leben lang inge. was will der andre mann inge? inge in der fremde. warum brachst du dein wort inge?
erzählung in der erzählung: türklingel. wer ist da? eine familie – vater mutter 2 kinder. guten tag frau meise dürften wir ein auto gramm haben? wir sehen sie immer im fernsehn. inge sagt zu den kindern kommt rein ihr bekommt eure autogramme und obst aus dem garten. zu den eltern sagt inge aber die wahrheit das ist eine frechheit fremde menschen einfach in ihrem privatleben zu belästi gen. beruf und privatleben muss man trennen. wo haben sie ihre manieren gelernt? die eltern schämen sich sehr. vor ihren kin dern.
und nun liebe mädel und jungen wollen wir unsrer inge den kuchen gegen das maul werfen dass sich ihr der schlund ausdehnt und der rest überall klebenbleibt und die pferdezähne in der luft herumsu chen weil sie doch guten kuchen wollen und keinen kriegen. oder besser: alles was sie kriegen sind abfälle und verdorbenes schlech tes. unter geschrei wird inge dann in das hineingestaucht was sie vorher von sich gegeben hat. keinen kuchen gibt es strafe gibt es. ihr könnt auch mitmachen liebe mädel und jungen. auch wenn ihr nicht so gut im lernen seid!

der souffleur ein altes unikum (lachen) der noch dazu stottert (lachen) sagt stotternd: ddder kkkainz iiist iiin ddder bbbalkonszene iiimmer vvvom bbbalkon hhheruntergesprungen. dddrei mmmeter tttief (lachen). der ältere karakterdarsteller sagt aufgeregt: der verrückte junge wird das doch nicht nachmachen... aber da springt thomas schon mit einem riesigen satz in dem die ganze kraft seines geschmeidigen körpers liegt herunter und landet auf händen und füssen und zerkratzt sich leicht die hand. gitta verbindet ihn. thomas wirkt verwegen stark jung mutig unerschrocken schön begabt wild ungezähmt stählern.

mein mann hat damals auch gestreikt. wissen sie wie das war für mich und die kinder? ich habe nicht gewusst woher ich das essen nehmen sollte für den nächsten tag. wenn die menschen doch endlich vernünftiger würden! so was kann doch keinem nützen nur schaden.
ein furchtbarer stumpfschlag hebt inge meise das gesicht förmlich aus dem kopf. wollen sie nicht platz nehmen? licht und schatten wechseln in dem alterslosen gesicht.

gitta die thomas noch nicht kennt fährt ihren kleinen sportwagen verkehrt in die einbahn. thomas springt jungenhaft ans steuer und fährt den wagen wieder verkehrt aus der einbahn. er sagt dem polizisten er übt rückwärts fahren. der ist nachsichtig. er fragt gitta was sind sie? ich bin schauspielerin. ich spiele die julia bei den festspielen. übermütig neckt thomas die junge dame. als gitta auf der bühne bei der probe in thomas ihren partner vorgestellt bekommt sieht man ungläubiges erstaunen in ihrem gesicht. sie haben noch viel zu lernen als schauspieler und als mensch sagt sie nachher.

frau meise ist ein ORIGINAL.
noch ein paar birnen zum abschied? selbst geerntet. hand her! wir schlagen inge meise die birnen aus der hand und geben noch ein paar schläge auf die ausgestreckte handfläche. patschhand. damit sie sichs merken dass man das nicht tut. blutrot wird sie. seht nur mal liebe mädel und jungen. wie dumm und verstümmelt! das gute frische obst rinnt ihr herunter und versickert ungenutzt im boden. verschwendet. die gescholtene hand wandert rasch wieder hinter

den rücken zurück. wir verspotten sie noch lange und nehmen nichts von ihren geschenken. wir sehen gern wie sie immer röter und röter wird.

wirklichkeit

wenn hier einer stinkt so bin das sicher nicht ich. gehen sie aber trotzdem ruhig immer dem gestank nach!

nacherzählung

buffy jody! wir kommen schon mr. french. los komm mit juan. das ist unser mr. french unser bester freund. ähem kinder kommt mr. davis wartet. wer ist denn DAS? das ist unser schulfreund mr. french. er ist purtoricaner und heisst juan. puertoricaner meinst du wohl jody. ja und er ist der beste baseballspieler in seiner gasse. ähem guten tag juan dürfen wir dich vielleicht irgendwo absetzen? buffy und jody müssen jetzt nämlich nach hause. ja. zu onkel bill. euer onkel bill muss aber ein feiner kerl sein. ist er. und er kann einfach ALLES. nicht wahr mr. french. haha ja kinder aber nun müssen wir wirklich gehn. mr. french juan wohnt gleich um die ecke direkt auf unsrem weg. dürfen wir mal sehn wie er wohnt? bei mir ist es aber nicht sehr schön jody. sicher nicht so schön wie bei euch. meine mutter und mein vater müssen den ganzen tag arbei ten. und wer sorgt dann für dich juan? ich kann selbst kochen. und aufräumen auch. ich möchte einmal auf die universität da muss ich viel lernen. ähem dem tüchtigen gehört die welt juan. ja du wirsts schon schaffen juan! glaubst du wirklich buffy? ja. wollt ihr nicht mitkommen und bei mir essen? ich koche euch was gutes eure lieblingsspeise. au ja juan! vanilleeis. haha kinder. eis kann man doch nicht selbst kochen oder nur sehr schwer. nein lieber juan. das wird wohl nicht möglich sein. mr. davis erwartet uns. schade. hier sind wir schon. also hier wohnst du. wie arm jody. psst buffy er kränkt sich sonst. soll er sich nur kränken. wir wollen doch etwas höflicher zu unsrem kleinen freund sein nicht wahr buffy. meinen sie mr. french? was? nur küche und zimmer? und da wohnt ihr alle? und wo ist euer fernseher? haben wir nicht aber ma hat letzte woche einen gebrauchten eisschrank gekauft. wollt ihr mal sehn? hier kannst du auch deine eiswürfel kriegen jody. pfui. die werfe ich gleich weg. gekauftes eis schmeckt viel feiner. schade. mir schmecken sie sehr. hihi mr. french. für den ist ein eisschrank was besonderes. ähem. buffy. sei still! ich glaube lieber juan dieses bett würde netter aussehen mit einer bunten überdecke. die kannst du gut selber machen oder deine Mutter du bist doch alt genug um zu helfen. wir haben aber keine überdecke mr. french. mein vater hat doch so lange keine arbeit bekommen. dann schlage ich dir für alle fälle eins auf die finger, strafe muss sein. aua mr. french. warum schlagen sie mich? ich bin doch buffys und jodys freund. nein juan du bist nicht mehr unser freund. wir wollen keinen freund mit einem schmutzigen fussboden und mit alten hässlichen möbeln. unsre sind viel schöner. soll juan unser feind werden jody? au ja buffy. du bist jetzt unser feind juan. Jody schlägt dir seine schulbücher über den kopf. das macht spass! hör auf jody. ich kann doch nichts dafür. ich möchte so gern weiter dein freund sein. aber ich weiss doch nicht was ich tun soll. du kannst gar nichts mehr tun juan. juan muss bestraft werden nicht wahr kin der? ja mr. french. auch onkel bill würde nicht wollen dass wir weiter mit dir spielen. wir müssen dich jetzt noch ein bisschen schlagen juan. damit du dirs merkst. au. ihr tut mir ja weh. mr. french ich sage es mr. davis. sie dürfen mich nicht schlagen. ich habe ihnen nichts getan. du weisst wohl nicht dass du dauernd etwas tust. mr. davis ist mit meinen anordnungen was die kinder betrifft immer einverstanden juan. mein stock zieht dir einen zweiten scheitel in dein schwarzes haar. buffy bitte hörst du dann auf mich zu schlagen wenn ich dir meinen apfel gebe den mir der italiener geschenkt hat? ja juan. gut. wenn du mir den apfel schenkst gehen wir heim und tun dir nichts mehr. einverstanden jody? einverstanden buffy. hier hast du ihn. au! warum wirfst du mir meinen schönen Apfel ins gesicht? ich wollte dir ein geschenk machen. ich habe ja sonst nichts was ich dir geben könnte. kein spielzeug. nicht mal nen richtigen baseballschläger. hast du nicht mal autos? die sammle ich. nein jody. aber ich kann kisten tragen helfen. für das geld kauf ich dir ein tolles auto zum aufziehn. aber lass mich jetzt bitte in ruhe. ich trete dir gleich gegen das schien bein juan. ich habe genug autos. so schöne wie du sie mir gar nicht kaufen könntest. du bist dumm! wenn du bei deiner meinung über juan bleibst dann musst du ihn natürlich bestrafen jody. du tust ihm dann nur etwas gutes. jeder mensch soll sich sein eigenes urteil bilden und sich niemals durch bestechung davon abbringen lassen. du hast da etwas sehr wesentliches begriffen jody. ja mr. french. wir machen weiter. ich glaube onkel bill wird sich über uns heute sehr freuen. das glaube ich auch jody. buffy reich mir doch den schürhaken! wir wollen juan doch das laufspiel beibringen das ihr immer im park spielt. hier mr. french? dazu braucht man doch platz. man kann es natürlich auch hier spielen. nur dürft ihr nicht zum spass schlagen wie sonst sondern richtig. richtig mr. french? au ja buffy das wird ein mordsspass. jeder von euch sucht sich also ein gerät und schlägt auf juan ein. wenn er davonlaufen will werde ich mit dem schürhaken in aktion treten. au fein mr. french. unser lieblingsspiel! wer fängt an? buffy fängt an. du wirst doch deiner kleinen schwester den vortritt lassen wie sichs gehört jody. gut. los buffy! aaah buffy! das tut weh. da muß ich schreien. ja schrei nur juan das ist viel lustiger als im park. nein nicht jody! denk doch dran dass ich dir heute meinen neuen radiergummi geliehen habe in der arithmetikstunde. das macht doch nichts juan. ich schlage dich trotzdem. und wenn mr. french dich prügelt tut das noch mehr weh denn unser mr. french ist grösser und stärker als wir. aua buffy. du hast mich jetzt zu fest getroffen! ich will dich ja fest treffen juan. das ist ja gerade das schöne an unsrem spiel. einer muss doch getroffen werden. aber warum ich? ist doch kein andrer da juan. buffy bitte hör auf. wenn du mich gehen lässt schnitze ich dir eine schöne puppe und komme nie wieder in deine gegend. das schnitzen hat mir mein grosser bruder beigebracht. ich habe genug puppen die alle noch viel viel schöner sind. hier hast du eine! au fein buffy. du hast den dreh raus. du bist ja auch unsre beste schlä gerin. wie du den schwung nimmst! ich wollte ich könnte das auch so. du musst nur mehr üben jody. du schaffst es sicher. siehst du er fällt schon um. du hast dich verbessert jody. da wird sich mr. davis aber freuen. vielleicht darf ich auch mal mit den tigers spielen und kann später mal in die kampfmannschaft. sicher jody. gibs ihm! machs nach jody! es ist ganz leicht. auf den schwung kommt es an und aufs genau zielen. siehst du. so! au buffy. das war mitten ins gesicht. das ist nicht fair. wir sind nicht fair juan. spuck nur deine vorderzähne aus. du hast heute auch fortschritte gemacht buffy. danke mr. french. bitte bitte buffy lass mich jetzt gehen. mir tut jedes stück an mir weh. du hast zu fest zugeschlagen. es ist nie zu stark juan. merk dir das. sollen wir aufhören mr. french? wir wol len abstimmen kinder. was meinst du jody? na gut mr. french. onkel bill wartet sicher schon. ähem in anbetracht dass mr. davis auch meiner dienste bedarf wollen wir uns nach diesem letzten denkzettel auf den heimweg machen. juan: wirst du jody noch mals ansprechen? nein mr. french. wirst du buffy noch einmal die hand geben? nein mr. french. wirst du buffy und jody jetzt in ruhe lassen? ja mr. french ich verspreche es ihnen. nie mehr! ich hoffe du hältst wort juan. gut dann wollen wir es für diesmal genug sein lassen. nicht wahr kinder. gut mr. french. aber sagen sie ihm er kann was erleben wenn er sein wort nicht hält. du kannst was erle ben wenn du dein wort nicht hältst. jetzt heult er der feigling. pfui. schäm dich. ähem. jedenfalls habt ihr eurem onkel bill heute eine menge zu erzählen nicht wahr kinder? ja mr. french. ob wir nun in den zirkus dürfen? ich glaube fast das kann ich dir versprechen buffy. fein mr. french!

hallo liebe buben und mädel!

spielt diese kleine szene nach! überlegt euch vorher genau WER WAS sein möchte. nachher ist es dann zu spät dazu. lest euch den text aufmerksam durch. verteilt die rollen. wer hat sich das meiste gemerkt? was fällt euch dabei auf? natürlich könnt ihr auch eigene sätze erfinden oder ihr macht es einfach so wie in der wirklichkeit. das ist sogar besonders lustig. wenn ihr so tut wie in wirklichkeit so nennt man das wahrheit wenn ihr was erfindet so nennt man das lügen. wie nennt man also diesen text? richtig: gelogen. ihr könnt es ja schon sehr gut.

wirklichkeit

ida rogalski blickte michael prüfend an.
trudchen ich weiss nicht aber seit einiger zeit hat der junge etwas ich bin sicher dass er mir was verheimlicht. ein mädchen? nee. wüsst ich doch. glaubst du trudchen? moment mal. diese flieger. nicht mal telefonieren kann man mehr in ruhe.

fortsetzung der wirklichkeit

und was meinst du was ich heute für das pfund kälberne gezahlt habe. wie? was? ida. bist du denn verrückt. psssst. michael ist ge rade gekommen. waaas? ach so. natürlich! ja die fleischpreise stei gen jetzt unglaublich. leider muss ich jetzt gehn ida. tschüss trud chen. lass dich mal wieder anschaun.

noch immer dieselbe wirklichkeit

was ist nur los mit dir michael? nicht mal reden kann man mehr mit dir. entweder du stellst dich taub oder guckst aus dem fenster.
ach nichts mutter. na los sags schon ich seh dir doch an der nasen spitze an dass was nicht stimmt. ach mutter es ist nur… na was? also mutter wenn dus unbedingt wissen willst da ist patrizia. ein mädchen! der junge hat ein mädchen und sagt es nicht mal seiner eigenen mutter. ach muttchen du bist immer gleich so so so so… na erzähl doch junge. wie ist sie? wie heisst sie? ach ja patrizia hast du mir schon erzählt. wo hast du sie kennengelernt? weisst du was

michael bring sie doch einfach morgen zum kaffee nach hause. rainer kommt auch und dann gehn wir einfach mal aus ganz ge mütlich nur wir, na wenn du meinst mutter. also los. lauf und lade sie ein! mutter ich dank dir. ach du dummer junge! hat ein mäd chen und erzählt keinem was.
michael holt am nächsten tag patrizia von ihrer arbeit als sekretärin ab. am nächsten tag sucht michael patrizia schon in der mittags pause auf. patrizia ich hab eine überraschung für dich. rate mal. na was? meine mutter lädt uns für heute nachmittag zu kaffee und kuchen ein.
patrizia lächelt mit einem anflug von mütterlichkeit. sie ist sicht lich erfreut. aber dann überzieht ein schatten ihr gesicht. sie trägt die blonden haare im nacken zu einem pferdeschwanz geknotet und einen minirock. sie ist modern aber nicht zu modern. ein rich tiger kamerad.
ach das tut mir leid michael. da fällt mir eben ein für heute hat mich mein chef gebeten länger zu bleiben. eine ganz dringende sache. ich kann nicht gut nein sagen das verstehst du doch. ein andermal. michael wird ernst. er ist leicht verstimmt. man merkt dass noch mehr zwischen den beiden steht das sie krampfhaft zu verbergen suchen.
man merkt das unausgesprochene zwischen ihren worten.
man merkt dass da unsichtbar noch ein dritter im zimmer ist.
man merkt dass alles zwar so aussieht als müsste es glatt gehen aber dass es nicht so glatt ist.
warum würde denn sonst michael heimlich beobachten wie sie aus dem büro kommt und zu einem älteren gepflegten eleganten grau haarigen herrn in einen offenen amerikaner einsteigt und gleich davonfährt? michael fragt den kriegsinvaliden portier des hoch hauses: aber er fragt nicht geradeheraus sondern um die ecke: ich habe gehört der chef will wieder vergrössern. muss einen guten umsatz gemacht haben im letzten jahr. ja. das geschäft floriert. dauernd stellt er neue leute ein. jetzt soll sogar ein kindergarten für betriebsangehörige her. wo gabs das früher. sagen sie mal das war doch eben der chef in dem grossen weissen amerikaner? nee der chef ist verreist und kommt erst montag wieder. aber schauen sie doch dort sitzt er ja. das? nee das ist nicht unser chef. unser chef hat im moment gar keinen führerschein. wird ihm dauernd wegge nommen. den mann kenn ich nicht.

jetzt ist guter rat teuer. viele ahnen was keiner spricht es aus.
ein schatten überfliegt michaels noch weiches jungenhaftes süm
patisches gesicht. um jahre gereift geht er langsam nach hause.
patrizia seine patrizia hat ein geheimnis. patrizia seine patrizia hat
ihn belogen. zum 1. mal.
ida rogalski fällt die gedrücktheit michaels gleich auf. ja sag mal
junge was ist denn mit dir los? und wo ist patrizia? ich habe extra
kuchen gebacken. patrizia kommt nicht. ja... ach lass mich in
ruhe mutter. ein muttergesicht das plötzlich voll falten ist und
sorge schaut vom bildschirm herunter.
auch rainer michaels bruder ein zahnarzt ist mit seiner frau gekom
men. abends gehen dann alle in eine ruhige gepflegte bar. essen.
trinken. musik hören. vielleicht ein wenig tanzen.
eine langwierige wirklichkeit.
doch HALT! was glaubt ihr wer sitzt an der bar in einem tiefausge
schnittenen schwarzen kleid dicht neben dem eleganten grauhaari
gen von vorhin? richtig patrizia. michaels augen weiten sich unna
türlich werden glänzend wie im fieber. viel zu rasch stürzt er den
ungewohnten alkohol hinunter. die beiden köpfe sind einander
zugeneigt. beide scheinen ihre umwelt sowie überhaupt zeit und
raum vergessen zu haben.
michaels adamsapfel zuckt vom krampfhaften schlucken. jäh steht
er auf und zieht eva seine schwägerin auf die tanzfläche tanzt eng
umschlungen. eva schwesterlich älter aber burschikos hat michael
sehr gern aber anders als rainer ihren mann. du bist ja heute so
galant. michael tanzt wange an wange mit eva. da bemerkt patrizia
das paar wird blass. michael tut als bemerke er sie nicht. da steht
patrizia ruckartig auf. atmet schwer verkrampft ihr begleiter fragt
besorgt patrizia reisst ihm ohne zu antworten ihren minimantel
aus der hand und stürzt davon. mühsam kann sie die tränen zu
rückhalten. ihr begleiter hintennach. der mutter dämmert einiges.
verstehen geht über ihr gesicht.
michael betrinkt sich wie ein echter mann. betrinkt sich zum
1. mal in seinem leben sinnlos. die andren lassen ihn. jugend muss
sich austoben und kummer muss ersäuft werden. er hat etwas ver
zweifelt romantisches an sich. michael betrank sich an diesem
abend wie noch nie.
die wirklichkeit dauert noch immer an denn:
türklingel.

frau rogalski die finger an die lippen gelegt läuft öffnen. man sieht sie hat sorgen. wer ist da? patrizia ist da. der letzte mensch den sie erwartet hat. die beiden frauen die beide michael lieben jede auf ihre art sehen einander stumm an. die mutter begreift zuerst. spielt aber noch die strenge. kommen sie rein. sie kennen mich? ich nehme an patrizia. sie wissen? nehmen sie platz. ganz kurz fast unfreundlich ganz knapp kühl sachlich fast geschäftlich. aber in nen schmilzt das eis schon. patrizia ist auf eva eifersüchtig sie weiss ja nicht dass sie nur michaels schwägerin ist. sie setzt sich. wo ist michael? im büro ist er nicht. ich weiss auch nicht wo er ist. und plötzlich liegt das mädchen schluchzend in frau rogalskis armen. ein krampf schüttelt sie. alle verzweiflung dieser welt. nana kind chen. so schlimm wirds doch wohl nicht sein. wer war die frau mit der michael in der bar war? ach die? die! ida rogalski bricht in warmes volltönendes gelächter aus tausend fältchen um die augen winkel. sie kann sich gar nicht beruhigen. finden sie das so ko misch? ida wird rasch wieder ernst. gespielt streng (aber mit zuc ken um die mundwinkel): was wollen sie von meinem jungen? ich liebe ihn. ach. sie lieben ihn. und gehen mit fremden playboys aus. ich wieso? na gestern abend. stellen sie sich nicht so an. der kerl könnte doch ihr vater sein. ein sonnenstrahl überzieht patrizias gesicht ganz plötzlich: weiss michael...? er hat sie gesehen. und er glaubt...? der dumme junge! der dumme dumme geliebte grosse junge. ach mutter! wenn du wüsstest! ich weiss mein kind. und was die frau betrifft mit der michael. ja? aber dummchen. das ist doch eva sehr nett und sehr verliebt in ihren mann. ihren mann? na in rainer michaels bruder.

so kindchen und jetzt kochen wir mal kaffee. übrigens... michael der hat sich gestern so angetrunken konnt nicht ins büro gehn. wegen mir? klar kleines. nur aus lauter eifersucht. diese männer!

patrizia geht in die küche. ein inneres leuchten geht von ihr aus. und jetzt mach ich meinen leibkaffee patrizia mein kind. ich darf dich doch so nennen? koester kaffee. was mutter. patrizia bricht in gelächter aus. schmeckt er dir wirklich so? klar. ist der beste kaffee den du kriegen kannst. trinke ich seit 45 schon. unter schalkhaftem gelächter: weisst du auch wer koester kaffee macht? nein. irgend so ein koester fabrikant mit villa und so. und wer ist dieser koe ster? patrizia lacht noch mehr. na wer schon? mein vater! waaas? da muss ich mich erst mal setzen. du bist die tochter vom lebens

mittel koester? ja. der mit den ladenketten? ja. der mit der kaffee rösterei? ja. der mit der villa? ja. und michael weiss nichts? nein. konnt ich ihm doch nicht sagen. ich hab mich doch so verliebt auf den ersten blick. und ich wollte dass er na dass er nur MICH liebt und nicht mein geld. aber kind. wenn du michael kennen wür dest... ja mutter jetzt weiss ich dass michael niemanden wegen geld und gut lieben würde. jetzt kenne ich ihn. und jetzt wollen wirs ihm auch sagen. was? er ist hier? natürlich patrizia. schläft seinen kapitalrausch aus. und noch was mutter. patrizias augen glänzen. er hat soviel ideen ist so tüchtig in seinem betrieb. da habe ich den richtigen nachfolger für vater. michael hat alles initiative phantasie härte aber auch einfühlungsvermögen geschäftsgeist kenntnisse alles. ich bin so froh. und der kerl gestern in der bar... hab ich doch längst kombiniert patrizia. das war doch... richtig mutter das war vater. ich hab ihm alles erzählt. er ist einverstan den! einverstanden mit meinem sohn? das will ich auch stark hof fen. ach mutter wie bin ich glücklich. jetzt hab ich wieder eine mutter. meine ist sehr früh gestorben. beide drücken sich aneinan der küssen liebkosen umarmen drücken streicheln einander wei nen ein bisschen. sind sehr glücklich.
plötzlich geht die tür auf und ein verkaterter verschlafener michael erscheint im püjama. bleibt wie vom blitz getroffen stehen als er die beiden menschen beisammen sieht die ihm soviel bedeuten. ungläubiges staunen sagen fragen nichtverstehn. und dann die glückliche antwort auf alles staunen sagen fragen nichtverstehn. und so. mir wird das jetzt zu blöd. und doch passieren solche sa chen im leben immer wieder.

ja liebe mädel und jungs

glaubt ihr wirklich dass das alles so glatt gehen wird mit dem rei chen koester und michael? wartet nur ab bald hört ihr es. sicher wird euch einiges merkwürdig vorkommen. was zum beispiel? vielleicht sind einige unter euch deren väter keine fabrik besitzen. was fällt denen auf? erzählt mal!

nacherzählung

ich würde zu gerne diesen zahmen delfin sehen. ich bin nur kurz auf der durchreise hier. angeblich ist er der freund aller kinder. angeblich wird es immer lustig wenn er erscheint. angeblich soll er spass machen seine tricks. angeblich bringt er uns stunden des glücks. angeblich kennt ihn jeder den klugen delfin. angeblich lie ben wir flipper den freund aller kinder. angeblich lieben grosse nicht minder auch ihn.

sei nicht frech. schön küsschen geben. liebhaben. hast du deinen vati denn gar nicht lieb? warum werfen sie meinen delikaten apfel ins wasser? er hat so fein geschmeckt. wer sind sie überhaupt? wir bringen sie zu unsrem vati. sie dürfen hier im coral key schutzge biet nicht angeln. wie du deinem vati schon hilfst!
flipper verjagt die haie durch gezielte stösse mit dem kopf. blut verdunkelt das wasser. jetzt auch in farbe. flipper holt hilfe. er ist verletzt. bud spielt nichtsahnend am bootssteg. flipper kann ge rade noch hervorstammeln was los ist. dann schwinden ihm die sinne. vati vati komm. es ist was mit flipper. rasch das boot. wasser = aufgewühlt. mit ernsten besorgten gesichtern schauen vater & sohn über das meer.
pfui! gib das sofort dem herrn zurück. so was greift man nicht an. und nun bekommt burli eins auf die hand damit er sichs merkt. so was greift ein artiger junge nur mit handschuhen an wenn über haupt. das ist gack was der mann da fallen lassen hat. heben sie sofort auf was sie mir da aus der hand geschlagen haben! so was dürfen sie mit unsrem vati nicht machen er ist der aufseher über alles hier.
porter ricks schlägt als amtsperson erst zu wenn es mit milde nicht mehr geht dann geht es mit strenge. er trägt helle jeans und helle

hemden er ist sehr braun. seine söhne haben vier und zweibeinige spielkameraden. er hat eine starke anziehungskraft auf blonde frauen.
schenken macht mehr spass als beschenktwerden. lassen sie mich doch porter. es macht mir wirklich freude.
bud du darfst den herrn nicht schlagen nur weil dir sein eis nicht geschmeckt hat. wie sagt man denn? bitte. na also. und jetzt? danke. na also. halt! warum wirfst du mein schönes geschenk in den abfall? flipper würde keine freude mit dir haben wenn er das wüsste. du willst doch flipper freude bereiten. oder?
darf ich ihnen miss norstrand vorstellen? sie unterstützt mich bei der arbeit. sie kann auch kunsttauchen.
das wird ein mordsspass. gern vater. ich halte ihr rechtes bein und den rechten arm fest. sandy kniet auf ihrem linken fuss und hält miss norstrand mit dem ellbogen die kehle zu. schau vati wie miss norstrand mit dem kopf ruckt wie eine taube. jetzt bist du dran vati!
nein porter bitte nicht. denken sie an unsre schöne kameradschaft. wollen sie all dies mutwillig aufs spiel setzen?
ich will das alles mutwillig aufs spiel setzen. ich biege ihnen jetzt zart aber männlich entschlossen den kopf zurück und küsse sie kurz und brutal miss norstrand.
diese äh paar kleinen schmuckstücke haben meiner verstorbenen frau gehört miss norstrand. äh.
au das hat gesessen! das hat unser flipper tüchtig gespürt was?
sie sollten sich was schämen porter.
hier hast du ein neues geburtstagstaschenmesser sandy.
das dringt ganz leicht in deinen arm vater. prima klinge.
dass du mir von fremden leuten nichts annimmst junge.
miss norstrand ich erlaube nicht dass sie bud so lange unter wasser halten bis er blau ist. er ist doch noch ein junge.
flipper unterstützt die schwachen gegen die starken.
aber porter! schlagen sie mich nicht so fest vor ihren kindern.
ich mache die eier das nächste mal sicher etwas weicher.
wie sollen ihre beiden jungens jemals lernen achtung vor einer frau zu haben wenn sie selbst porter das wort achtung nicht einmal dem namen nach kennen. nur einmal noch vati. bitte bitte. nur einmal noch. na schön kinder von mir aus. aber dann ist schluss. wenn flippers schmerzen zu arg werden müsst ihr eine kleine erholungs

pause einlegen. ihr wollt doch flipper morgen wieder stechen nicht?
jetzt habe ich dich erwischt. marsch in dein zimmer! flipper wird heute allein spielen müssen. du bekommst erst mal eine tüchtige tracht prügel. aua vati. das tut weh.
können sie nicht lesen? hier ist schutzgebiet. wir holen jetzt unsren vati. vati lobt.
vati du bist unser bester freund. auch flipper ist unser bester freund. nein flipper ist mein bester freund. falsch: flipper ist der freund ALLER.
ihr müsst wissen kinder: jeff war nicht immer so. er ist erst seit dem tod seiner mutter so. und sein vater hat keine zeit für ihn weil er sich um sein geschäft kümmern muss. versucht also ein bisschen nett zu ihm zu sein.
vati jeff ist unkameradschaftlich!
seit meine mummy tot ist hat mich keiner mehr richtig lieb. nein keiner jeff. wir prügeln dich jetzt reihum.
bud sandy lasst jeff auch mal! au mein bein! bist du aber unge schickt jeff. nichts kann ich nichts darf ich zu nichts bin ich gut. auch mein vati hat mich nicht ein bisschen lieb. ihr wollt mich alle nur loswerden. ich wollte ich wäre tot. aber nein jeff. wie kannst du nur so etwas sagen. wenn du versuchst ein guter kamerad zu sein werden bud und sandy immer zu dir halten. auch dein vati hat dich sehr lieb. sind sie sicher mr. ricks? ganz sicher jeff. so und nun geht spielen!
flipper flipper!
bud. du ferkel. hör auf deinen bruder anzuspucken.
schau vati. flipper hat jeff 3 zehen abgebissen. jeff hat ihn geneckt. hier spricht flipper. die sonne sticht und keiner hält meine haut feucht. in mir stecken einige messer und harpunen. die kinder ha ben mich sehr gequält. vati ist der wichtigste mann hier der aufse her über den coral key park. so ein hohes tier ist dein vater? dann hauen wir lieber ab.
du spinnst wohl sandy? sperrst mich hier in die haifischfalle ein. flipper kann doch mit seinen verletzungen vati nicht mehr helfen. hast du auch genug geld? nein ich muss vati um vorschuss bitten. dann musst du aber eine woche lang das geschirr spülen.
nein vati. ich zieh dir dieses schwere brett über den schädel. dann hole ich das geld aus deiner brusttasche.

könnt ihr nicht miteinander? müsst ihr immer gegeneinander?
wie schlimm wäre es kinder wenn eure kleine gemeinschaft plötz lich auseinanderbräche. ihr seid doch ein teil des grossen gan zen.
vati! sandys riemen schneidet tief in meine kehle.
flipper versteht die welt nicht mehr. seine besten freunde schlagen und stossen einander dass das wasser kocht.
merkst du vati wie bud vor schmerz gurgelt?
er hat sich schon prächtig eingefügt mein junge.
das hat er nur bud und sandy zu verdanken. die beiden haben ihm beigebracht dass es auf jeden einzelnen ankommt.
wenn du uns lobst vati musst du auch flipper loben. ohne ihn wäre jeff jetzt nicht bei uns. da hast du recht bud.
sandy. du beschmutzt da etwas sehr schönes reines. etwas das dir heilig sein sollte. dein elternhaus sandy.
eure kleine welt funktioniert im prinzip wie die grosse.
bud nimm du das ruderboot ich lasse inzwischen den motor an. wir treiben unsren flipper gemeinsam ins süsswasser. lass ihn nicht entwischen. wird der sich wundern!
also noch mal kleiner: wir wollen uns hier verstecken und auf dei nen bruder warten. du springst ihm sofort gegen den rücken und biegst ihm die arme zusammen. ich werde den rest von vorne be sorgen. dort wo er es gar nicht so gern hat. o. k.?
was sie hier tun porter ist eine erholung gegen das was ich dauernd tun muss.
schau die schöne gegend. schau die schönen palmen. schau das schöne meer. schau der schöne strand. schau der herzige flipper. schau das schöne haus. schau das grosse motorboot und das auto.
bei uns im urlaub gab es viele bungalows. wir wohnten im schön sten. so möchte ich auch einmal leben dürfen!
eine mutter täte ihnen aber doch ganz gut.
sandy und bud sind bei all ihrem glück doch eigentlich halbwaisen. schrecklich.
porter kann den tod seiner frau noch immer nicht verwinden. oft sieht er sich ihre schmuckstücke an die er in einer schatulle aufbe wahrt. aber es geht ihnen besser als vielen andren die beide eltern haben. soviel kann er doch nicht verdienen als aufseher. unsre poli zisten verdienen doch auch nicht soviel.

er ist eben kein schreibstubenhengst.
möchtest du nicht mit sandy tauchen gehen jeff? nein mr. ricks ich gehe lieber allein spazieren. sandy ist doch nichts als ein alberner junge. was hast du da zu vater gesagt? au sandy! ich habe ja nichts gesagt. nimm doch dein tauchermesser aus meinem bein!
mein hobby ist tauchen. ich habe schon viele preise gewonnen. aber ich glaube dieser aufseher könnte sogar mir noch ein paar tricks beibringen. vielleicht nimmt er mich sogar einmal mit wenn ich ihn bitte. dann habe ich meinen kollegen was zu erzählen.
flipper ist unser tierkamerad. aber mit unsrer harpune in der seite kann er kaum noch schwimmen.
ob porter in die blonde verknallt ist?
das ist doch nichts für kinder. das können sie doch nicht zeigen. wie oft porter seine kinder retten muss. in der stadt passiert nicht soviel.
dafür gibts die autos.
ich wünsche mir zum geburtstag eine grundausrüstung zum tau chen. dann trainiere ich fleissig. flipper würde sich freuen wenn er mich sehen könnte. mein junge wäre verrückt vor freude wenn er so einen flipper kriegen könnte. das ist sein heissester wunsch.
sehen sie nicht dass wir fernsehen wollen?
wir beide wollen uns erst mal die nase putzen. hier nimm mein taschentuch. wegen ein paar eingeschlagener vorderzähne braucht ein grosser bursche wie du nicht zu heulen.
bud. das spiel ist eine gute vorübung fürs leben. du musst auch ab und zu jeff etwas gönnen. sonst wirst du lehrgeld zahlen müs sen.
versuchen wir: die eigenarten des andren zu respektieren.
was möchtest du gern werden? aufseher. wie porter ricks. den gan zen tag im freien sein. das ist abwechslungsreich und interessant und lehrreich. ich interessiere mich für seltene tiere und meeres pflanzen.
die haben es gut. einmal möchte ich dort auf urlaub sein. englisch lerne ich im fernkurs. ich kann mich mit ricks sicher bald verstän digen. vielleicht zeigt er mir einige seltene pflanzen und tiere die noch keiner im fernsehen gesehen hat. wenn ich ihm sage dass ich von so weit herkomme.
bud du bindest vatis füsse an den bootssteg ich befestige seine hände am boot. wird das ein spass wenn wir dann gas geben!

los flipper. hol vati!
genau dieselbe taucherausrüstung möchte ich.
schwer kann die arbeit nicht sein. aber gefährlich.
mit kleinkram wie wir geben die sich nicht erst ab. da geht es um leben und tod.
toll vati! flipper hätte den ball fast erreicht wenn ihn nicht vorher die salve in den rücken getroffen hätte.
mein sohn hat das meer noch nie gesehen. im fernsehen lernt er es kennen. flipper ist sein bester freund.
bei uns gilt leider gegeneinander nicht miteinander wie bei flipper.
ich mache jetzt bei einem preisausschreiben mit. dort kann man eine TRAUMREISE NACH FLORIDA gewinnen. zum echten flipper. der da ist nur ein gewöhnlicher zahmer delfin. aber vielleicht sehe ich bald den RICHTIGEN.
mein sohn ist auch so ein tiernarr.
ich spare auf ein sauerstoffgerät.
mein neuer freund sieht dem porter ricks so ähnlich. bis auf die haare. ich würde mich mit bud und sandy gut verstehen.
die beiden sind so nette kerle. die verstehen sich mit allen prima.
tag bud. ich bin jeff. darf ich auch ein bisschen rudern? tag jeff. gleich schlage ich dir mit dem ruder auf die nase.
mir gefallen die dunklen tüpen besser als die blonden.
porter ricks ist mein traummann.
wohin fahren sie auf urlaub?
das kleid von miss norstrand gefällt mir. aber sicher kriegt man den stoff hier nicht.
schön fleissig sein und folgen. dann wirst du es auch einmal so gut haben wie bud und sandy.
nun gebt euch schon die hand und seid wieder freunde!
mir könnt ihr alles sagen ich bin doch euer bester freund. flipper ist unser bester freund.
es gibt keine sieger und besiegte es gibt nur noch menschen.
(es gab keine sieger und besiegte es gab nur noch menschen. der streit war vergessen.)

NA IHR:

sicherlich werdet ihr euch auch mal für einen beruf entscheiden müssen. bedenkt aber: verdienen ist nicht immer das wichtigste!

wirklich wirklichkeit

gerda wünscht sich oft dass einer sie sein letztes eisen im feuer nennt. dass einer hoppauf gerda schreit. dass sie von fernsehkame ras erfasst wird. so wie sie es von den schiübertragungen im tv kennt. ihr stil wäre ähnlich dem der französinnen jedoch kraftvol ler dünamischer. unglaublich was in diesem zierlichen mädchen alles drinsteckt.

ja wohin will unsre gerda so eilig? richtig. ins büro will sie. dort zieht es sie hin zum herrn chef. die mutti wollte gerda unbedingt in diese firma bringen. sie hat einen bunten prospekt gelesen in dem steht: herr koester kennt jeden einzelnen vom jüngsten lehrling bis zum kaufm. direktor genau. er ist allen seinen angestellten eher ein freund als ein vorgesetzter. mit allem kannst du zu ihm kommen lieber junge und liebes mädchen. hechelnd vor freude eilt gerda zu herrn koester ihrem freund. sie sagt guten tag herr freund. heute werden nämlich in einer kleinen feier die neuen lehrlinge sozusa gen eingeführt. herr koester sagt guten tag meine freunde. gerda rast wie eine schikanone auf herrn koester zu wie von einem kata pult geschleudert. sie macht dabei keine gute figur. der herr abtei lungsleiter fängt die eilige rasch auf. gerda ist es als ob sie gegen eine betonmauer geprallt wäre. sie weint. das sag ich meinem freund dem herrn koester. aber das ist auch das letzte was sie sagt. dann läuft ihr ein speichelfaden über das kinn und sie verdreht sich so dass man sich fragen muss gibts das. der abteilungsleiter weiss dass es so was gibt. er sieht das täglich ja stündlich.

gerda glaubt manchmal sie ist im falschen film. der richtige film muss doch so gehen: BESTZEIT! die reporter umdrängen gerda dass man nichts mehr von ihr sieht. filmkameras surren. riesenauf regung. wer ist der elegante herr mit den grauen schläfen im ziel raum? keiner kennt ihn. gerda eilt zu ihm und wirft sich ihm in die arme. einer aus der meute der lästigen reporter sagt das ist doch koester. koester der reiche fabrikant. jaja stimmt. er ist es! hoch koester hoch gerda! sie soll einmal seine angestellte gewesen sein.

jetzt ist sie berühmt. jetzt ist er ihr freund und ständiger begleiter. bravo koester bravo gerda! der hochgewachsene industrielle setzt seine sonnenbrille auf und schirmt das mädchen gegen die neugie rigen reporter ab. bitte um ein interview. bitte bitte. gerda ist jetzt im richtigen film und hat plötzlich so viel gewicht dass es sie fast unten durch den fussboden zieht. wie ein taucher mit bleischuhen. immer fleissig? gerda lässt beinahe den stapel leitz ordner fallen. ja immer fleissig herr chef lispelt sie dass man ihre verfaulten zähne sehen kann. einer scheint da den falschen tv programmknopf ge drückt zu haben. der herr abteilungsleiter fährt gerda mit der hand über den rücken und dann nach vorn. gerda hat heute ihren neuen bh an ganz aus spitzen. da ist der herr abteilungsleiter gleich drin nen. zart ist er gerade nicht. gerda hat fernsehn auch deshalb lieber weil man das nur sehen muss und nicht spüren.

da ist auch schon die fortsetzung. trainingslager. gerda im hauten gen trainingsdress. sie ist fix im olümpiaaufgebot. sie ist berühmt. jeder kennt gerda. plötzlich fühlt gerda etwas heisses auf ihrer haut. es ist herrn koesters heisse hand. das zweite heisse das sie spürt sind herrn koesters heisse lippen überall auf ihrem gesicht. die heissen dinge die gerda sonst noch kennt sind meist heisse suppe heisser tee oder heisses abwaschwasser. wenn gerda pustet oder schlürft um sich nicht die lippen zu verbrennen dann graust den umstehenden. soll sich gerda aber den mund verbrennen? nein das geht auch wieder nicht.

und das fräulein gerda ist heute wieder fleissig am überstunden machen? ja erlaubt das denn die mutti dass sie so spät zum abend essen kommen? aber ein bisschen weniger essen ist ja gesund. ger das krummer rücken hängt wie eine stehlampe über dem grossen schreibtisch. ihre schulterblätter stechen wie stecknadeln aus dem kleid. sie fühlt etwas spitzes hartes auf ihren schenkeln. der herr chef zeigt ihr wo und wie. ihre schwachen hühnerkrallen brechen haufenweise. gerda zeigt ihrem herrn chef wie lieb sie ihn hat. sie streichelt den herrn chef und sagt ich habe sie lieb herr chef. aber der herr chef tritt gerda von hinten gegen die kniekehlen dass sie einknickt wie ein bambi rehlein. er sagt konzentrieren sie sich doch gerda. wir wollen doch länger freude aneinander haben. echte freude zeigt sich nicht in lauten ausbrüchen echte freude zeigt sich in den augen. gerdas augen freuen sich königlich. eben hat flipper vati gefunden! aber sofort wandert ein roter kopf (der

gerdas) wieder über auszüge und konten. eine rote hand (die des herrn abteilungsleiters) zwickt das mädchen da & dort.
gerda und ihre mutti schlagen einander halb tot. sie streiten wer welches programm sehen darf. gerdas mutti möchte ein musikpro gramm sehen gerda möchte den liebesfilm sehen. die mutti will nicht verstehen dass gerda selbst die hauptrolle spielt. mit einem mann. die mutti will mehr die leichte unterhaltung. die ist das rich tige für die älteren leute. die mutti schlägt auf gerda ein dass diese beinahe auseinanderfällt. beim betriebsfest singt der lehrlingschor ein volkslied. herr koester schaut alle freundlich an auch gerda. aber die ein bisschen länger ganz sicher. viel länger sogar. die an dren haben nichts bemerkt. vielleicht haben sie auch noch nichts von der geschichte zwischen koester und gerda gehört. manche von ihnen besitzen nicht mal einen fernseher. auf die melodie des volksliedes jedenfalls hat der eine oberbuchhalter einen neuen text gemacht der nur von herrn koester und der firma handelt. gerda macht sich beinahe in die hosen vor lauter freude. der text passt ganz genau auf sie: auf sie und herrn koester. herz & hand für unser land herz & stärke für die koester werke. gerda brüllt bis sie blau anläuft. am ende bekommt jeder und jede ein kleines geschenk zur erinnerung.
gerda denkt sofort an die grossen geschenke die herr koester ihr im film immer macht. zum beispiel sportautos blumen teure kleider und pelze und schmuck und solche sachen. die blöden andren lehrlinge wissen alle nichts davon. die freuen sich über die zigaret ten und die schokolade. und die packung mit der neuen kaffee sorte. ingrid streckt die brust raus dass es in ihren rippen knackt und knarrt. heimlich stösst und tritt sie die andren lehrlinge. heim lich stossen und treten die andren lehrlinge zurück. bald hat gerda eine blutige zehe. aber sie macht sich nichts draus weil ihr herr koester diese ingrid die ihr draufgetreten ist sofort dafür entlassen wird. gerda ist schadenfroh. ingrid ist schadenfroh weil ihr porter ricks viel schöner und stärker ist als der chef. er wohnt sogar in amerika! dort wird ingrid auch bald sein. fein.
bei der feier sagt der herr chef etwas nettes. zu jedem sagt er das gleiche. trotzdem glaubt jeder dass er das zu keinem andren sagt als nur zu ihm. allen rinnt der schweiss herunter vor angst etwas falsches zu tun oder zu sagen. trotzdem lachen sie im chor über die guten witze vom chef. er hat ja recht. tausendmal recht. es ist un

heimlich wie laut hunderte menschen zugleich lachen können. da platzt einem fast das trommelfell.
am abend gibt es dann gratiswürstchen und cola für die lehrlinge bier für die älteren. gerda schlürft schon wieder wie ein schwein. sie ist auch ein schwein. der herr chef sagt trotzdem ich freue mich dass es schmeckt. er hat gerda ganz besonders angesehn dabei. obwohl sie sich wie ein schwein benimmt.
so ein schönes wetter jubiläumswetter sagt herr koester.
gerda ist ganz sicher dass er nur sie damit gemeint haben kann.

nacherzählung

michael klapperte ordentlich mit den zähnen als er von seinem einsamen waldspaziergang nach hause kam. junge du bist ja halb erfroren komm rasch zu mir ins bett sagt ida rogalski. michael schüttelt sich dass die eiskristalle sprühn und macht einen grossen satz. aber nicht so michael du übermut du bist doch keine 12 jahre mehr. michael zieht sich gleich aus und zeigt seine muskeln. frau rogalski schüttelt lächelnd den kopf über soviel verrücktheit. dann springt michael mit einem satz zu seiner mutter ins bett dass die federn quietschen.

auf die frage nach seinem idol antwortet der berufsschüler ewald: jochen rindt. er war ein vorbildlicher sportler immer fair und hatte kampfgeist er ist auch vorbildlich gestorben er hat auch eine gute ehe geführt. karl: mein idol ist karl schranz. er ist ein vor bildlicher sportler immer fair und er hat kampfgeist obwohl er der älteste ist ist er noch immer besser als die meisten jungen er hat sich so lange in der spitze gehalten wie kein anderer sportler. ingrid: mein idol ist brigitte bardot. obwohl sie schon so berühmt ist hat man nicht das gefühl dass sie hochnäsig ist sie weiss auch gut wie man die männer behandelt. franz: mein idol ist adolf hit ler. er war der grösste patriot seiner zeit obwohl er viele verbre chen begangen hat.

mutter & sohn balgen zum spass noch lange im bett herum. ida rogalski klatscht ihrem sohn michael prustend auf den po und auf die schenkel michael kitzelt seine mama auf den fusssohlen das ist lustig! der grosse junge mit dem zerrauften haar ist auf einmal wie der ein ganz kleiner junge. man weiss kaum mehr wer oben ist und wer unten so ein durcheinander herrscht.

versicherungsbeamte und kaufm. angestellte auf die frage nach ih rem idol: gustav sagt mein idol ist karl schranz weil er ein grosser sportler ist mein idol ist kein politiker weil ich die politik hasse. hilde: mein idol sind alle aufrechten ehrlichen menschen. hans: mein idol ist es dass ichs im beruf zu etwas bringe dass alles klappt. terese: mein idol ist die anständigkeit und innere sauberkeit das kommt einem heute kaum mehr unter. christa: meine ideale sind menschen die in der stille grosses leisten wie meine lieblings schriftsteller waggerl und wiechert und mein vater weil er immer fleissig war.

so jetzt ists aber genug junge ich bin doch schon eine alte frau ich keuche schon ich bin diesen jungenraufereien nicht mehr gewach sen. aber mutter wenn du auch keuchst wie ein droschkengaul wenn du deine perücke verlierst wenn auch dein gebiss im glas schwimmt und deine hängebrüste dir bis zum bauch reichen so bist du doch meine mutter. und eine mutter hat man nur 1 mal. frau rogalski streichelt ihrem michael das feuchte haar aus der stirn und gibt ihm einen dicken kuss.

auf die frage nach ihrem idol antworten arbeiter: karl: ich habe kein idol wenn man arbeitet hat man für so was keine zeit. (auch einige andre sind derselben meinung.) werner: meine idole sind grosse sportler aber auch grosse dichter wie goethe und shake speare grosse komponisten wie mozart und beethoven sowie das christliche weltbild. theo: mein idol ist der sozialismus denn ich bin für den frieden und gegen soziale ungerechtigkeiten also gegen die ausbeutung des menschen durch den menschen. käthe: mein ideal sind die kinder denn was andres haben wir nicht. gitte: mein ideal ist die arbeit. mich freut die arbeit. denn wenn einen die ar beit nicht freut dann braucht man ja gleich nicht zu arbeiten. gerda: mein ideal wäre es von der arbeit zu hause bleiben zu kön nen. hannelore: mein idol ist das moderne österreich. weil ich bin ein fortschrittlicher moderner mensch.

frau rogalski schnappt schon sehr nach luft bei der balgerei. endlich kann sie sich freimachen und ins badezimmer flüchten. sie macht sich gründlich sauber. michael wäscht ihr den rücken im warmen bad. er lacht ununterbrochen glücklich. er sagt mutter jetzt mache ich dich so sauber wie du noch nie warst das ist mein ehrgeiz. was hab ich denn da? die grosse bürste michael. ja jetzt wirst du gebadet mutter. michael scheuert frau rogalski beinahe die haut von den knochen damit sie ganz rein ist seine mutter.

die frage nach ihrem idol an wiener kirchgänger am sonntag (vor der stephanskirche): hans: mein ideal ist das gute & der friede. und dass sich jeder in der familie so verhält wie es sich gehört und dass auch alle fruchtbare hobbies haben hauptsächlich musik und kunst. egon: ich war früher bei der eisenbahn da hat man ausser dem beruf kein andres ziel kennen dürfen. hans: alles schöne. mu sik und bilder aber das klassische das von früher nicht das moderne von heute. otto: mein idol sind NICHT die studenten. und die sollten doch die vorbilder sein. aber die stiften nur unruhe unter der jugend. heinz: meine ideale sind ruhe frieden und dass die menschen friedlich miteinander auskommen. hilde: mein ideal ist es gut anständig und arbeitsam zu leben. dann wird man auch ein guter staatsbürger sein und es zu etwas bringen. die nichts leisten wollen: fort mit ihnen!

endlich sitzen die beiden rangen der junge range michael und die alte range frau rogalski vor dem fernseher und trinken kaffee. sie sehen sich die siegerehrung der eiskunstlaufeuropameisterschaft in der wiederholung an. bei solchen feierlichen augenblicken kom men frau rogalski immer die tränen. michael neckt sie und sagt schlimme sachen über die eismädchen dass sie nett sein müssen zu den preisrichtern und alles schiebung ist hinter den kulissen. da muss frau rogalski aber sehr widersprechen. sie sagt: die blonde italienerin ist aber niedlich und was für ein schickes eiskleid sie anhat. da sagt michael: der möchte ich mal die füsse in den weissen eisschuhen abschneiden. michael was du manchmal für furchtbare dinge sagst pfui! ida rogalski muss wieder weinen. sie sieht ihren sohn an. da glaubt man man hat den kindern nur das gute & schöne beigebracht und dann sprechen sie so herzlos und roh.

krankenschwestern antworten auf die frage nach ihrem idol: helene: mein ideal sind gute menschen. krankenschwestern sind gute menschen. erika: mein ideal ist die frau oberin. maria: mein idol ist florence nightingale. emma: mein idol ist albert schweitzer. brigitte: mein ideal war mein vater. er hat mich alles gelehrt was richtig ist.

aber bald ist die kleine verstimmung verflogen.
michael zwickt mutter in die kruppe. ein neues spielgefecht ist zu erwarten. da schwappt frau rogalskis kaffee ein wenig über. michael läuft um einen lappen. vorsichtig wischt er die braune flüssigkeit auf. dann gibt er mutter einen klaps. dass du nicht aufpassen kannst! wenn man so alt und zittrig ist wie du sollte man lieber vom fussboden essen. du altes ferkel. ida rogalski schämt sich sehr und verspricht michael dass sie das nie wieder tun wird.

liebe buben & mädel!

na habt ihr euch schon überlegt ob ihr auch so etwas wie ein idol habt? sicherlich! aber bedenkt dass es auch andre sportler gibt nicht nur karl schranz und jochen rindt. zum beispiel toni sailer oder die ausländer george best (der beatle best) oder jackie stewart oder cassius clay dem endlich sein comeback gelang. wieviel aus dauer und kampfgeist muss wohl da dazugehören.

erzählung

tag onkel bill! na schon aus der schule zurück ihr beiden? cissy ist auch schon da. bill davis zeigt den kindern seinen schwanz und was man damit alles machen kann. fein onkel bill darf ich auch mal meldet sich jody übermütig während cissy noch eher scheu auf onkel bills penis schaut. aber das wird sich ändern und gut ding braucht weile.

aus dem handtaschengeschäft von ida rogalski dringen dicke rauchschwaden es brennt! frau rogalski läuft schluchzend wie ein aufgeschrecktes huhn hin & her um ihre modelltaschen aus kroko dil in sicherheit zu bringen denn das sind die teuersten. das leder stinkt entsetzlich trocknet zusammen und schrumpelt und glost. michael mein lebenswerk brennt! mutter ich bin schuld. nein mein junge du kannst nichts dafür.

als hätte sie sich verbrannt versteckt cissy die hände hinter dem rücken. aber behutsam überredet onkel bill sie die hände wieder nach vorne zu nehmen. er gibt ihr seinen schwanz zuerst nur zum halten dann als sie sich an den anblick und das gefühl gewöhnt hat sagt er ihr was sie jetzt tun soll. siehst du hier oben diese glänzende straffe erhebung cissy? ja onkel bill. gut. und etwas unterhalb auf der rückseite setzt du deinen daumen an o. k.? nein nicht so tief. onkel bill führt cissy die hand. o. k. onkel bill jetzt hab ichs. bravo cissy. und mit den übrigen fingern fährst du hier vorne wo der kleine einschnitt ist siehst du ihn? gut also hier vorne immer hinauf und hinunter aber (keuch) mit gefühl musst du das natürlich ma chen cissy wie beim golfspielen (keuch) die haut musst du ver schieben ja genau hier wie ichs dir gezeigt habe und nicht scheuern oder kratzen (keuch) immer auf und ab so ists gut cissy (keuch) mein schwanz ist zwar schon sehr hart (keuch) aber er könnte noch viel härter werden (keuch keuch).

mutter es wird zeit dass du mir das geschäft übergibst. nein junge das hätte vater niemals gewollt. ICH habe das geschäft allein auf gebaut. schön mutter dann lass mich aber wenigstens beim einkauf mehr mitreden. diese ziegenlederumhängetaschen sind der letzte schrei. nein junge. solchen firlefanz führen wir nicht. das ist nichts für wirkliche damen und die waren immer unsre beste kundschaft. geben sie mir 15 stück von diesen und 20 von diesen. aber mutter die sind zwar elegant aber unmodern. ihnen fehlt der pfiff. ich werde dir gleich nen pfiff geben junge!

warum schnaufst du so fürchterlich onkel bill? mach nur weiter (keuch) cissy lass dich durch nichts erschrecken oder ängstigen oder irritieren (keuch) liebe cissy brave cissy (keuch) meine kleine cissy bist du (keuch) jaaaa meine cissy (keuch) sag bist du meine cissy (keuch)? ja onkel bill sagt die junge dame verwundert. mr. french serviert für die kleinen ausnahmsweise limonade und him beereis. da macht das zusehn noch mehr spass denn sonst gibts nicht soviel gute dinge auf einmal. cissy cissylein (keuch) jetzt wird gleich etwas passieren (keuch) lass nur die fingerchen dort (keuch) lass sie dort die cissyfinger braaav (keuch). ja gut so (keuch) aaaaah! der liebe onkel bill stöhnt plötzlich laut auf und verkrampft sich und zuckt so komisch nein so hatten sie ihren onkel bill noch nie gesehen. war er am ende krank? jetzt spritzte auch noch eine merkwürdige flüssigkeit aus dem ding das cissy die ganze zeit gestreichelt hatte. böse böse cissy jody geht auf seine grosse schwester mit den fäusten los. du hast unsren onkel bill kaputtgemacht! ja. buffy zieht cissy an den rattenschwänzchen du hast onkel bill weh getan cissy! schluchzend schlagen die beiden kleinen auf ihre schwester ein. unser lieber onkel bill ist jetzt krank oder schon tot. eine schmiere aus schokolade und himbeereis ver schmiert die heulenden gesichter der kleinen. onkel bill liegt da und rührt sich nicht. er wird doch nicht?

da wird es michael zu dumm. er geht und kauft einen laden am exklusiven kudamm. frau rogalski lässt sich nichts anmerken aber sie ist doch stolz auf den jungen dem sie das geschäft beigebracht hat. guten tag was darf ich ihnen zeigen? ich hätte gern eine von diesen schicken ziegenlederumhängetaschen. bedaure führen wir nicht. frau rogalski ärgert sich sehr denn das ist heute schon die 3. kundschaft die diese tasche verlangt. und sie hat nicht auf mi chael hören wollen! aber am kudamm gibts ein geschäft rogalski dort haben wir die tasche gesehen. dann müssen sie sich schon dorthin bemühen meine damen. und mit stolz: der laden gehört nämlich meinem sohn. der weiss genau was modern ist.

aber nein kinder ich bin nicht krank und nicht tot mir gehts ausge zeichnet das seht ihr doch ihr dummen lieben. onkel bill ist ganz verschwitzt aber er sieht so fröhlich aus wie schon lange nicht. hört auf eure schwester zu schlagen. cissy ist meine cissy UNSRE liebe cissy. jetzt brauche ich aber eine dusche. mr. french hilft mr. davis aus den kleidern onkel bill eilt ins bad. nachdem er trocken ist darf cissy ihren onkel bill wieder anziehn sie macht es sorgfältig und stück für stück. das ding das vorhin so gross war ist jetzt ganz klein geworden.

wirklichkeit

schon seit tagen fällt es auf dass michael mit seiner mutter weder bockspringen noch hasenhüpfen will wie sonst. er ist bedrückt. was ist los junge? ida rogalski nimmt sich diesen anlauf als sie ihm die krawatte bindet und das widerspenstige blondhaar zurück streicht. bist du mit patrizia nicht im reinen? ich habe mich ENT LOBT. jetzt ist es raus. entlobt? na sag mal michael... was ist zwischen euch vorgefallen?

ich bin GEIL sagt inge meise.

es ist wegen papa sagt michael. er richtet die wohnung ein kauft die möbel und das auto und jetzt will er uns noch die hochzeitsreise nach den kanarischen inseln bezahlen. ich möchte doch ich selbst sein. nicht der schwiegersohn vom reichen koester. was ich errei che will ich nur mir verdanken und sonst keinem. patrizia versteht das nicht. sie ist eine frau.

ich bin so GEIL sagt inge meise. im fernsehen sieht man das nicht so.

mutter michael begreift das einfach nicht. mein vater hat nun mal das geld und er hat nun mal nur mich und da ist es doch verständ lich dass er mir und michael der jetzt zu mir gehört freude bereiten will. er meint es doch gut. michael ist gleich so empfindlich & eingeschnappt.

ich bin GEIL sagt inge meise. wenn ich dürfte wie ich könnte. leider vergessen die drehbücher manchmal dass ich auch eine frau bin.

resolut betritt frau rogalski das koester hochhaus. dritte etage bitte. chefbüro. die chefsekretärin schaut aus wie aus einer mode zeitschrift heraus das junge ding gefärbtes haar und so. sie glaubt frau rogalski ist eine x-beliebige ältere frau die man abweisen kann wie eine x-beliebige ältere frau. die fernsehzuschauer sind scha denfroh wenn sie sich ausmalen was passieren wird wenn herr koe ster das erfährt. der kann ihr sogar kündigen! sie alle sind schon irgendwo abgewiesen worden. manche von ihnen sind so alt wie frau rogalski.

ich bin schon wieder GEIL sagt inge meise. ich bin richtig HEISS!

sehen sie denn nicht dass das die mutter meines zukünftigen schwiegersohns ist sie unfähiges stück teig brüllt der vorgesetzte seine nachgesetzte an. die schleicht sich hinaus. vorhin war sie stark jetzt ist sie ganz klein. geschieht ihr recht meinen die zuseher. das blonde starlet das auf koesters schoss gesessen hat und ge glaubt hat es wäre jemand wird wie ein schmutziges bodentuch zur tür hinausgeworfen. ich ruf dich wieder an. (dies die brutalen worte koesters welcher sich wieder in seine jungenzeit zurückver setzt fühlt. vor frau rogalskis augen zählen dinge nichts die sonst was zählen. die sehen bis auf den grund.) bitte nehmen sie platz gnädige frau.

ich bin GEIL sagt inge meise. ich bin dauernd GEIL. aber die fern seher sind zu blöd um das zu kapieren.

wie sind sie zu ihrem geld gekommen herr koester? haben sie etwa alles geerbt? koester wird lebhaft. ich habe mich von ganz allein von ganz unten hinaufgearbeitet. das war nicht leicht. mit einer winzigen kaffeerösterei hab ich gleich nach dem krieg begonnen. tag und nacht geschuftet wie ein pferd. mir hat keiner was ge schenkt mir kann da keiner was vormachen. nur der alte neumann (wir werden noch von ihm hören) war von anfang an dabei. er ist jetzt werkmeister in der rösterei. frau rogalski hat diese antwort erwartet. verschmitzt lächelt sie jetzt: und da wollen sie nicht be greifen dass auch mein junge sich ebenso bewähren will in ihrer firma wie sie selbst es getan haben? die jugend will nun mal hoch hinaus.

ich bin schon wieder GEIL sagt inge meise. leider wird man so leicht als hausmütterchen abgestempelt.

also schön 1:0 für sie frau rogalski. koester küsst frau rogalskis hand charmant. aber die hochzeitsreise für die jungen ist schon gebucht. was mach ich jetzt mit den tickets? ida rogalski lächelt ihr lächeln dass ihr alle herzen zufliegen. ich wüsste jemand. die fern seher erstarren in ihren sitzen. sie haben gleich gemerkt dass damit das blonde starlet die freundin koesters gemeint ist. die so frech war. sie hätten frau rogalski da für vernünftiger gehalten. viel lie ber würden sie selbst dorthin reisen. so eine hat doch nichts zu bieten als ein hübsches gesicht.

ich bin GEIL sagt inge meise. ich habe auch noch geheime wün sche. ich bin so furchtbar GEIL.

aber frau rogalski! ein bisschen schämt sich der grosse koester vor der dame ihm gegenüber. dieses junge gemüse ist nur gut genug benützt und dann weggeworfen zu werden. die haben doch alle nichts zu bieten als ein hübsches gesicht. das ist doch abfall schlechtes menschenmaterial. und dumm noch dazu. wissen sie meine frau war ja was andres aber seit sie tot ist... schlägt man manchmal über die schnur. ich weiss. frau rogalski beendet lieb den satz. aber man kann dabei manchmal mehr verlieren als gewin nen: die menschenwürde herr koester. und nun wollen wir du zu einander sagen nicht?! sie bekommt wieder die hand geküsst. dann ein plötzlicher einfall: wollen nicht SIE das heisst du... liebe ida?? ich? wo denkst du hin werner! ich fühle mich zu hause am wohl sten. in meiner gewohnten umgebung. in meinem alter ist das nichts mehr. tausende zuschauer nicken mit den köpfen. sie sind EINVERSTANDEN.

ich bin GEIL sagt inge meise. bin ich auch glaubhaft?

michael der neue juniorchef arbeitet sich in den koester werken hart ein. ihm wird nichts geschenkt. schwer will die hochzeitsreise nach sylt verdient sein. und warum gerade sylt? fragen tausende fernseher aufgeregt. frau rogalski gibt lächelnd in grossaufnahme auskunft. weil sie selbst seinerzeit mit ihrem seligen alfred die hochzeitsreise dorthin gemacht hat. man muss es den kindern nur so einreden dass sie glauben es wäre ihre eigene idee. raffiniert diese frau rogalski! richtig lebensklug. wozu brauchen wir kanari sche inseln wenn unser deutschland mindestens so schön ist? tau sende zuschauer nicken wieder. einverstanden! manche von ihnen fahren im urlaub sogar viel viel weiter!

ich bin pausenlos GEIL sagt inge meise. wenn es ihnen nicht passt brauchen sie ja nur auf diesen kleinen knopf hier zu drücken!

liebe junge leser!

glaubt ihr nicht auch dass es wichtiger ist WIE als WOHIN?

komm buffy. ich zeig dir ein vögelchen. dein vögelchen kenne ich schon lieber onkel bill. aber warum hat mr. french nicht auch so eines? du weisst doch dass ich architekt bin buffy? ja onkel bill. und du weisst auch dass man dazu lange studieren muss? ja onkel bill. und du weisst auch dass mr. french unser butler ist? ja onkel bill. er sorgt für uns. wir haben ihn alle lieb. das sollt ihr auch buffy. und weil mr. french nicht so weit vorangekommen ist wie ich und weil er daher tun muss was ich ihm auftrage deshalb hat mr. french auch kein vögelchen wie ich hier unten. das verstehst du doch buffy.

erzählung

feierabend! ersehntes wort. es hallt durch die gänge türen werden aufgerissen. auch die lehrlinge gerda und ingrid packen ihre weni gen sachen in die plastiktäschchen. ingrid wischt sich den lippen stift herunter damit ihre mutter nichts merkt. gerda bringt ihr jau senbrot wieder mit sie hat sich in der kantine ein sandwich gekauft das hat gut gewirkt. ingrid denkt an den süssen hosenanzug von fräulein patrizia. gerda denkt an das betriebsfest.

gerdalein sagt die mutter komm schnell heute ist flipper im fern sehen. gerda sagt zwar das ist doch nur für kinder aber sie sieht sich die sendung doch immer wieder gerne an. beide machen sichs vor dem apparat gemütlich & freuen sich. heute gibts auch noch ein gutes abendprogramm!

aber der mit tannengrün dekorierte richtige schiessstand war doch die attraktion! keiner von den männl. angestellten der nicht wenig stens einmal herrn koester dem chef zeigen möchte was er für ein kerl ist. manche ärgern sich wenn der chef bei einem besonderen treffer gerade wegschaut dann schreien sie ihre frauen an die die teller mit den würsten halten müssen. auch der herr chef versucht es mal. ihr arbeitgeber. des johlens ist kein ende. bravo herr chef. hoch koester! treffer! fräulein patrizia bekommt eine rote papier rose. sie lächelt. ingrid hätte gern einen weissen bären oder eine kleine puppe (zum auf die tasche hängen) oder einen kleinen ball. oder etwas praktisches für ihre mutti.

viele geben zu dass sie ganz persönlich für ihren chef arbeiten und nur für ihn nur ihm zuliebe. also für einen den sie kennen und der das geld hat. oft streiten sie untereinander wer nützlicher für ihn ist. sie können sich in seiner person etwas vorstellen.
patrizia ist wie ein altes bild so zart & kostbar wenn man sie sieht. michael hat viel verständnis für sie.

gerda ist auch eher zart sie sollte mehr an die luft gehen. einer der lehrlinge schiesst ihr einen bemalten wandteller mit dem aufdruck koester kaffee tut den fluren weh. gerda ist zwar enttäuscht dass sie kein stofftier bekommen hat aber der teller ist auch hübsch & mehr wert als die papierrose vom herrn chef. leider hat herr koester eben nicht hergesehen. werner der lehrling möchte einen kuss dafür. er leckt gerda das gesicht ab dass sie vom fett und vom senf ganz nass wird. sie schüttelt sich weil ihr einfach graust. ich muss mich ja vor dem herrn chef genieren sagt eine frau zu ihrem mann der glaubt er ist noch in stalingrad und wie irr herumballert.

fräulein patrizia stösst mit ihrem glas an. viele haben sie gekannt als sie noch klein war. jetzt fragen sie schüchtern und wann soll die hochzeit sein? herzliche glückwünsche. die belegschaft spart auf ein geschenk. es soll nichts praktisches sondern etwas besonderes sein. eine schöne porzellanfigur vielleicht.

gerda holt sich eine gelbe sprudellimonade. wenn man sie fragt antwortet sie das kleid hat meine mutti selber genäht. nur sie allein weiss dass miss norstrand in flipper genau das gleiche be sitzt. geblümt. einer der fahrer quetscht gerda von hinten den brustkorb zusammen dass vorn alles aufplatzt das neue kleid das nylonunterkleid und die haut über den rippen. du suppenhuhn sagt er zu gerda. dürre stange. dann poliert er den boden mit gerda.

auch ingrid denkt: ich lief wie eine gehetzte den strand entlang alle dinge die wehen wehten im wind wasser umspülte meine füsse.

plötzlich hielt porters weisser amerikaner neben mir. mehr stürzte ich als stieg ich. und fuhr und fuhr weit weg.

auf der toilette löst gerda die kleine samtschleife aus dem haar. die mama glaubt ich bin noch ein baby. so ist es viel schicker so ähnlich wie frl. patrizia es immer trägt. wenn sie mit den ungewohnten hohen absätzen umkippt zieht ihr der bürochef gleich die riem chenschuhe aus und schlägt ihr den stöckel in den hinterkopf hin ein. sogar der ernste herr koester muss da lachen.

fräulein! so ruft frl. patrizia. sie meint ingrid! die hockt sich nieder und streckt den kopf zwischen den beinen nach rückwärts und klatscht dazu so freut sie sich. könnten sie mir wohl eine limonade beim büffet besorgen? ingrid stürzt los wie ein kamikatseflieger aber der bürochef holt sie im letzten moment ein tritt sie um wie etwas das man leicht umtreten kann. er reisst ihr das glas aus den fingern zieht ingrid die ohrläppchen beide in die länge schimpft laut und schüttet das ganze heisse würstchenwasser in ihren aus schnitt. dann bringt er fräulein patrizia eisgekühlte limonade. fräulein patrizia nimmt nur einen kleinen schluck und giesst den rest unter den tisch.

porter hilft gerda aus dem kleid. darunter trägt sie nur den hauten gen schwimmanzug. seine blicke gleiten über ihre gestalt. gerda denkt sich manchmal sie müsste etwas tun damit sie bedeutung bekommt. wie im film etwa hereinkommen & ernst bleiben & gar nichts tun oder sagen. und dennoch: alle blicke auf gerda! kamera läuft. gerda hätte noch gern eins von den riesentortenstücken. aber da drängen sich zu viele und sie wird weggestossen getreten und gekratzt.

der herr chef bezahlt heute. einer schüttet ingrid den essig aus dem gurkenglas in die augen. das brennt fürchterlich. ingrid weint bit terlich. dann verlöschen langsam auch die letzten lichter im saal. keiner sagt das war der schönste tanz mit dir.

liebe freunde denn das seid ihr doch

ist euch schon aufgefallen dass eigentlich bei fast jedem fest einer dabei ist der sich nicht einordnen kann? und wenn ihr noch so viele seid dieser eine kann euch trotzdem die ganze stimmung verderben. stimmts?

wirklichkeit

die omi ist da! tu die omi begrüssen. so sagt willy fisch zu seinem sohn thomas fisch. omi omi! welches kind hat keine freude wenn die liebe grossmutter auf besuch kommt? auch thomas hat grosse freude weil die omama auf besuch gekommen ist. wie sagt man denn zur omama? grüss dich omi. und wie macht man dazu? thomas macht einen tiefen diener. und was machen wir heute sagt die omi mit ihrer tiefen fröhlichen stimme? darf ich dir meine neuen platten zeigen omi? ja hast du schon wieder neue bekommen? die oma zwinkert heimlich mit willy fisch. sie hat wohl auch eine brandneue lp in ihrem handtascherl. unter allgemeinem hallo zieht sie die scheibe heraus und thomas bricht in helles jubelgeschrei aus: frank zappa and the mothers of invention. o danke omi! stürmisch wird die alte dame abgeküsst.

rico der fotograf und gitta sein modell sitzen und trinken kaffee. alle leute schauen die beiden an. man sieht sie sind etwas aussergewöhnliches. gitta kommt aus einer sehr reichen familie. ich wollte einmal etwas richtiges tun nicht immer nur herumsitzen und kaffee trinken oder besuche machen oder was reiche leute so tun. man muss einmal zeigen dass man auch auf eigenen füssen stehen kann. und noch dazu auf sehr hübschen füssen vollendet rico den satz.

zu tisch bitte. willy fisch hat sich eine bunte schürze umgebunden. er wirkt wie ein gutaufgelegter amateurkoch der er auch ist. für die omama hat er eine sahnetorte gebacken mit kandierten kirschen. aber wer sitzt als erster am tisch? das leckermaul thomas. aber buberl das darf man doch nicht die omi ist die älteste sie setzt sich zuerst und bekommt als erste vorgelegt. will torte haben! thomas steckt ganz reizend den ungezogenen buben spielend sein händchen mitten in die sahnekrone auf der torte. pfui bub das tut man doch nicht! du bist ein schweinderl. die oma säubert zuerst die patschhände mit ihrer serviette dann nimmt sie den schweren tor tenheber aus silber und schlägt ihn dem kleinen thomas zur strafe auf die fingerl. rabäh! omi! sagt der bub. seine finger hängen gleich unbenützbar herunter und werden blau. omi thomas nicht mehr hauen! so bittet er weinend.

gitta das fotomodell hat schwierigkeiten. sie sieht wunderschön aus wie sie ihrem fotografen die schwierigkeiten schildert. sie be wegt mit sparsamen bewegungen die hände beim reden. sie redet ununterbrochen. sie hat beim reden keine schwierigkeiten sagt aber immer sie könne nicht richtig ausdrücken was sie eigentlich meine. alle starren sie an und denken dass sie unheimlich viel zu sagen haben muss. sie isst kaum etwas. gerda der am nebentisch schon der mund nach einem stück torte wässrig ist das ihr die mutti versprochen hat schaut sehnsüchtig (sehnsüchtig) nach der servie rerin aber die kommt nicht. die schaut sehnsüchtig (sehn süchtig) auf gitta das fotomodell.

der vati füttert seinen thomas weil der sein händchen nicht mehr bewegen kann. thomas schmatzt mit heissen wangen auf denen noch tränenspuren sind. die omi sagt schäm dich tommy so gierig zu sein. denk an die vielen armen kinder die in ihrem ganzen leben keine torte bekommen. aber tommy sperrt nur sein schnäbelchen auf und lässt die omi reden. essts nur kinder esst. willy fisch legt jedem ein neues stück auf den teller. es darf nichts übrigbleiben. ganz gewiss nicht denkt tommy und pampft dass ihm die creme vom kinn tropft.

die serviererin stolpert über gerdas handtäschchen und schüttet ihr brühheissen kaffee in den halsausschnitt. au schreit gerda. passen sie doch auf schimpft die serviererin. zur strafe bekommen sie keine torte. bitte bitte torte jammert gerda nun noch lauter. gitta das modell ist ganz erstaunt dass gerda auch reden kann.

obwohl alle fleissig mithalten bleibt doch ein schönes stück torte übrig. kann nimmer so erklären alle übereinstimmend. da lächelt die gute omi ihr jugendliches lächeln und sagt wissts was kinder wir machen eine tortenschlacht! au ja! die beiden kinder das grosse kind willy und das kleine kind tommy sind gleich dabei wenns um einen unsinn geht. sie ziehn sich gleich ganz aus und wälzen sich in der cremetorte herum. und schmieren einander die feine fülle überallhin auch dorthin wo sies sonst nicht so gern haben. und die omi ist die allerwildeste dabei sie wird wieder ganz jung. sie setzt ihrem liebling tommy zwei kandierte kirschen statt seiner augen ein. ganz blind tapst der tommyfrosch da herum. willy wirft seiner mutter eine handvoll schlagobers ins gesicht. die omi sagt willy gleich hol ich den stock! was heisst denn das die omi so hauen? da kniet sich willy hin und verspricht mama ich werds nicht mehr tun. ehrenwort.

redakteurin helga haseltine (sprich häseltain) konnte den verlok kungen der neuen bunten herbst makeup farben nicht widerste hen. mit violett umrandeten blauäuglein kehrte sie aus paris zu rück. ihr amerikanischer ehemann schluckte erst mal dann sagte er zu sich: take it easy (nimms leicht) und zu helga: take it off! (nimms runter). was dann auch geschah. wie schön wäre es wenn jemand so etwas auch zu mir sagen würde denkt gerda.

schaut wie ihr ausschaut ihr zwei sagt die omi zu ihren beiden fröschen. sie sind schon ein bisschen müde die kinder. also zuerst unter die dusche und dann ins bett marsch marsch. omi sagt tommy der sich nur mehr mühsam aufrichten kann: hast mir einen tschoklad mitbracht? aber geh thomas sagt die oma hast noch nicht genug? aber dann holt die gute oma doch noch eine tafel bensdorf aus der handtasche. sie muss den tommy füttern weil der ganz blind ist und zwei hände gebrochen hat. aber es schmeckt ihm trotzdem. die schokolade von der oma ist halt immer die beste sagt die oma.

liebe grosse & kleine leser!

was haben wir heute über die torte gelernt? richtig:
es gibt solche die torte bekommen und essen. es gibt solche die torte bekommen aber sie nicht essen. es gibt solche die keine torte be kommen aber welche essen wollen. es gibt solche die keine torte bekommen haben aber auch keine essen wollen. es gibt auch solche die nicht wissen was eine torte ist. es gibt dann solche die zwar wissen was eine torte ist aber nicht wo man sie herbekommt.
das einfachste wäre es natürlich euch hier ein gutes tortenrezept aufzuschreiben. aber dann gibt es wieder solche die zum beispiel eier bekommen und essen. und es gibt solche die eier bekommen aber sie nicht essen. oder dasselbe mit zucker mehl etc. etc. ihr seht es gibt kein ende.
und noch eine fleissaufgabe: wieso hat eigentlich nicht jeder eine torte?
RICHTIG: weil es leute gibt die torte einfach nicht gerne essen.

nacherzählung

da ist michael. gestatten. michael. der ganze michael wie er da geht & steht weint so herzzerreissend dass wir uns unwillkürlich fragen warum weint michael? er ist gar nicht zu beruhigen. auch die neuen spielzeuge und rasseln und klappern die patrizia ihm zeigt haben keinen erfolg. er schreit nur um so lauter. was hat das buberl nur? frau rogalski die mutter weiss rat. sie ist halt doch erfahrener als die junge ehefrau. rasch holt sie die windelhose herbei. da ist sie schon! rasch die windel patrizia. ein griff und schon ist die windel zusam mengefaltet und in die gummihose gesteckt. fachgerecht. schnell. sauber. bequem. mutter schnell wickeln! ich muss in den betrieb. der grosse kleine michael streckt seiner mutter die krummen bein chen entgegen. was er alles kann! die aktentasche liegt bereit.

thomas fisch tanzt mit seiner teenager partnerin langsamen wal zer.
thomas fisch tanzt mit seiner teenager partnerin langsamen wal zer.
thomas fisch tanzt mit seiner teenager partnerin langsamen wal zer.

thomas fisch tanzt mit seiner teenager partnerin langsamen wal zer.

die mutti kann diese dinge doch noch immer am besten. rot vor aufregung zieht ida rogalski die gummiwindelhose an michaels beinen hoch. gleich fühlt sich mein bub wieder wohl tröstet sie. schnell noch ein bisserl puder auf die empfindlichsten wunden stellen. dann etwas salbe in die hautfältchen hinein gutes lindern des öl und michael wird schon viel ruhiger er schluckt nur noch ab und zu. gleich wieder wird die sonne scheinen. da scheint sie schon. michaels ganzer apparat wird fein säuberlich hineinge schlossen damit nichts scheuert reibt wetzt. ende gut alles gut. die mutter ordnet da unten mit geschickten griffen. sie hebt den jun gen an der windelhose in die höhe und schüttelt ihn ganz richtig ins hoserl hinein dass alles stramm sitzt. fast zu stramm. gleich wird der himmel wieder wolkenlos sein. da ist er schon wolkenlos. fer tig! rasch noch die druckknöpfe zu. und drüber die bürohose ge zogen. heute darf patrizia zum erstenmal ganz allein die knöpfe schliessen. michael scharrt schon ungeduldig weil er in den betrieb muss.

in dieser sekunde hört thomas fisch auf mit seiner teenager partne rin langsamen walzer zu tanzen. alle maschinen stop. er dreht ihr seine faust in den magen hinein dass sie am rücken wieder heraus kommt. wie eine manschette trägt thomas fisch seine teenager partnerin um das handgelenk er sagt ich will ab sofort nicht mehr tanzen. später löst er seine partnerin einfach herunter und wirft sie weg. dann spielt er mit einem süssen kleinen hund.

der junge herr chef betritt den lift. gerda (die wir kennen) dreht sich in ihrem rüschenkleid hin und wider. sie bricht an verschiede nen stellen kokett ab. und wie der lift im obergeschoss ankommt ist die enge kabine vollgehäuft mit fingern zehen kniescheiben rückenwirbeln und mürben kleineren beinchen. michael geht stel zig herum er hat es gern trocken & warm & sicher um die hoden herum. oft steckt er ein fingerl hinein um zu prüfen ob er vielleicht nass gemacht ist. nein noch nicht. da lacht er wieder von einem ohr zum nächsten.

etwa zu dieser zeit in der thomas fisch seinen walzer beendet hat und mit einem süssen kleinen hund gespielt hat verdunkelte ein riesiger noch nie dagewesener amselschwarm den himmel. sofort streuten die erwachsenen chemikalien aus der luft die den vögeln das körpereigene fett entzogen. so dass tausende der tiere einfach erfroren. die armen vogerl! die armen vogerl! schrecklich!

nanu. welche nasse flüssigkeit bricht da plötzlich in die sichere geborgenheit von michaels gummihose ein? der junge macht sich ja ganz voll! da zeigt es sich wie gut die vorsorge der mutter gewesen ist. keiner merkt was (die wasserdichte gummihose lässt keinen gedanken durch die windel saugt alles auf). rasch also windelwechseln bevor es zu spät ist! soweit der tagesablauf michaels. gleich wird auch er wieder lachen. frau rogalski zieht ihm das nasse zeug herunter und klopft ihn ein bisschen damit er wieder lachen soll. sie macht kitzel kitzel und streichel streichel. und so war es auch. michael lachte zweifellos. bei der anschliessenden grosssäuberung haben beide mutter & sohn viel spass. diese zeit gehört nur ihnen beiden & sonst niemand.

thomas fisch tanzt wieder langsamen walzer. diesmal mit uschi glas. er geht peinlich sorgfältig mit ihr um weil sie schon sehr berühmt ist.

auch dieses paket ist michael. sauber & fertig & verpackt darf er nur mit der geliebten windelhose bekleidet ein weilchen am tisch liegen & strampeln ganz wie er lust hat. frau ida hat die warme heizsonne eingestellt (gefahr der verkühlung!). michael spuckt vor wonne. tschüs!

wirklichkeit

es ist ein richtiger ernst in ingrid als sie sagt: ICH LEIDE GENUG UM ETWAS SAGEN ZU DÜRFEN!
vernünftig antworten wir: wenn du aber mehr leidest wirst du auch noch mehr sagen können. das ist alles ungewöhnlich ernst. diese stelle ist ernst. man darf sie nicht heiter oder ironisch auffassen. der ernst kommt daher weil ingrid vielleicht wirklich echt LEIDET.

wirklichkeit

wirklichkeit

wolfgang kann kein mörder sein. er ist doch ein kind mein kind.
ich weiss er ist ein schlimmer bub wilder als die anderen. aber er
kann doch kein mörder sein. weinend bricht die mutter zusam
men. kurz zuvor hatte sie von dem unfassbaren verbrechen erfah
ren.
ihr elfjähriger sohn wolfgang war gemeinsam mit dem um ein
jahr älteren gendarmensohn thomas von zu hause ausgerissen. sie
hatten ein flobert gewehr und ein stichmesser mitgenommen. in
der parndorfer heide (burgenland) wollten die buben unter
schlupf finden. als ihnen der 60jährige matthias gutdeutsch zufäl
lig über den weg lief gerieten die beiden hauptschüler in panik:
aus angst der mann könnte ihren eltern das versteck verraten
schossen sie den pensionisten nieder. wolfgang fügte dem mann
sogar noch tiefe stichwunden zu. dann flohen sie nach hause. erst
eine woche später wurden die buben aus der religionsstunde her
aus verhaftet.
noch vor einem monat hatte wolfgang seiner mutter reumütig be
teuert: mama ich will jetzt brav werden. dann musst du nicht mehr
weinen. ich werde auch nichts mehr anstellen und nie mehr steh
len.
doch der bub der erst im jänner wegen eines diebstahls das brucker
gümnasium verlassen hatte müssen und seither die hauptschule in
neusiedl besuchte konnte der versuchung nicht widerstehen und
machte wieder lange finger.
gemeinsam mit seinem freund thomas und weiteren 5 schulkolle
gen liess er in einer konditorei ein paar süssigkeiten mitgehen. die
verkäuferin bemerkte nichts. doch die kinder brüsteten sich in der
schule mit den diebstählen und das kam dem direktor zu ohren. er
befahl den buben die gestohlenen süssigkeiten zu bezahlen.
das war eine woche vor dem elternsprechtag vor dem sich wolf
gang und thomas masslos fürchteten. sie nahmen an die lehrer
könnten die eltern über die diebstähle informieren. von tag zu tag
steigerte sich ihre angst. schliesslich zwei tage vor dem sprechtag
hielten es die beiden buben nicht mehr aus und brannten von zu
hause durch.
anna l. hatte sich mit der erziehung ihres sohnes viel mühe gege

ben. dazu ihre schwägerin elisabeth manz: sie hing mit aufopfern
der liebe an ihrem sohn. er sollte es einmal besser haben. deshalb
schickte sie ihn aufs gümnasium.

volksschullehrerin johanna horvath erinnert sich nicht gern an den
hübschen wolfgang. die frau: er zettelte immer die bösesten streiche
an. oft erwischte ich den buben beim rauchen. und immer wieder
liess er einiges mitgehen. dem pfarrer stahl er sogar die hostien.

beide buben waren ministranten und sangen im kirchenchor. aber
thomas stand ganz unter dem einfluss von wolfgang.

als der gendarm josef f. (38) mit seiner ganzen familie beim begräb
nis des mordopfers war bemerkte er wie sein zweitältester bub
thomas am ganzen körper zitterte. verzweifelt meinte der gendarm
später: damals hab ich geglaubt dass dem buben der tod so nahege
gangen ist. gutdeutsch war ja ein verwandter von uns.

zwei tage nach der beerdigung musste der gendarm der eifrig an der
mordaufklärung beteiligt war miterleben wie sein eigener sohn als
mörder entlarvt wurde. erschüttert meinte der mann: es wäre mir
lieber wenn der bub tot wäre.

wolfgangs vater weiss noch immer nicht dass sein sohn ein mörder
ist. der eisenbahner wird erst freitag abend aus ungarn zurückkeh
ren.

und während die beiden buben gestern vormittag bei einem lokal
augenschein das verbrechen demonstrierten mussten sich die schü
ler der 1 a und 2 b der hauptschule neusiedl von andren sagen lassen:
pfui! ihr habt einen mörder in der klasse gehabt.

erzählung

du musst mehr essen kinderl sagt ingrids mutter zu ingrid. damit der
herr chef eine freude mit dir hat.

du musst mehr essen kinderl sagt ingrids mutter zu ingrid. damit der
herr chef eine freude mit dir hat.

ich möchte dem herrn chef gern eine freude machen antwortet in
grid. dann musst du mehr essen du bist zu mager meint die gute
mutter.

ich kann aber nicht mehr sagt ingrid.

du bist im wachsen kind. der herr chef will doch nicht dass du so
verhungert ausschaust. man kann ja deine rippen zählen mädi.

ich bin aber satt mutter.
nein das gibts nicht ingrid jetzt wird gegessen. sonst hole ich den herrn chef.
nein bitte hole den herrn chef nicht mutti er hat soviel zu tun.
dann iss!
ich kann aber nicht mehr mutti.
herr chef! herr chef!
pssst mutter. schrei nicht so. aber der herr chef steht schon in der tür.
ah das kinderl will nicht essen.
nein herr chef.
aber ich bezahle doch alles.
ich bin ganz satt herr chef. wirklich. ich kann nimmer.
soll ich vielleicht nachhelfen? au auweh! herr chef! herr chef!
der herr nachbar der heute den herrn chef spielt hält ingrid die nase zu dass sie den mund aufsperren muss. mit dem gewicht sei nes oberkörpers legt er sich ihr auf die stirn dass ihre augen in die höhlen rutschen. mit der andren hand biegt er ihr den unterkiefer bis auf die brust. in die so entstandene riesenhaft überdehnte mundhöhle mit den rachitischen zahnstummeln und der belegten schlangenzunge die hilflos herumzüngelt schüttet er ganze berge von speisebrei. ingrid glaubt sie platzt auseinander. was sich ihr wieder heraushebt muss sie wieder schlucken. die kieferschar niere krachen wie türangeln. an den mundwinkeln reisst ingrid schon ein. ingrids stirn liegt schon auf ihrem nacken.
ingrid weint hilflose ingridtränen. der echte herr chef hätte das nicht zugelassen dass man sie so quält. aber der herr chef ist weit so weit. durch ingrids backen ziehen sich schon sprünge & risse (überdehnung!). ingrids umfang hat sich auf das dreifache ver grössert wenn sie so weitermacht kann sie der herr chef als fessel ballon verwenden.
der herr chef der gern auf die jagd geht könnte aus ingrids bauch heraus auf hasen und rehe schiessen.
ingrid die vollgefressene sau lächelt bei dem gedanken leise.
der herr nachbar ist ein nichts gegen ihren chef. er drückt ingrid seinen ellbogen tief in den schlund dass die speiseröhre fast aus einanderplatzt. nur brav essen ingrid mahnt die mama.
nur brav essen ingrid röhrt der herr nachbar.
das sag ich meinem chef schluchzt ingrid. der wird sie bestrafen!

jetzt schaust du wieder ansehnlich aus mädi sagt die mutter.
mir ist so schlecht jammert ingrid. herr chef warum haben sie mich verlassen?
wirst sehn ingrid jetzt wirst du nicht mehr so schnell müde tröstet die mutter. bei der arbeit.
ingrid ist überzeugt davon dass ihr chef den herrn nachbarn zu mindest zusammenschlagen lassen oder ihm sagen wird dass er so was mit seiner lieblingsingrid nicht machen darf.
aber der herr chef sagt nur: nanu ingrid sie kriegen ja ein richtiges baucherl. haben sie nicht genug zu arbeiten? faulenzen gibts nicht. ingrid bekommt eins hintendrauf dass sie wie eine düsenrakete ab zischt.

dieses weinen war wie aller kummer dieser welt.
dieses weinen war als ob aller kummer dieser welt drinnen aufge speichert wäre.
hoffentlich ist heute wenigstens ein schönes fernsehprogramm. ja ein krimi. die fernsehzuschauer sind der meinung dass wer arbeitet auch essen muss. wer nicht arbeitet soll auch nicht essen.
ingrid arbeitet viel und darf auch viel essen.
aber vorläufig muss sie das noch in schwarzweiss sehen was andre schon in farbe sehen können.

nacherzählung

SHOWTIME!
inge meise steigt verkleidet und mit perücke die gangway hinab. kein mensch erkennt sie. sie singt ein lustiges auftrittslied. dann schleudert sie die perücke fort und alle erkennen: das ist ja inge meise. ein männerballett springt herein. inge wird von einem zum andren gehoben. der chor übernimmt ihr lied. donnernder ap plaus. ja die show ist unser leben singt inge meise.

gerda liest:
gitta hat in ihrem letzten schuljahr noch vor dem abitur einen jun gen ingenieur geheiratet. sie schildert ihre hochzeitsreise. sie macht lauter dinge die gerda noch nie getan hat. sie telefoniert um das frühstück. sie ist in spanien. sie ist sehr schön und hat wun

derbare kleider. zum geburtstag schickt ihre mutter 300 mark. dafür kauft sie sich eine hautenge lederhose und einen schwarzen kasack und einen goldenen kettengürtel. alle schauen ihr nach weil sie blond ist. ihr mann schenkt ihr ein silbernes armband aber nicht das schwere das sie sich gewünscht hat sondern ein filigranes das ihr sehr altmodisch erscheint. sie streiten. ihr mann benützt sie nur. sie sagt er bedient sich ihrer. nicht mehr so wie in der kleinen studentenbude in münchen. sie ist unbefriedigt. bald wird harry der autorennfahrer sie befriedigen. ihre ehe so jung sie noch ist steckt schon in einer krise. werner hat zuwenig verständnis. beim tanz drückt ein reicher schöner spanier sie fest an sich und sagt wollen wir nicht gehn? werner ohrfeigt den spanier. er sagt ich bin kein waschlappen der sich von so einem die frau ausspannen lässt. gitta im minikleidchen der alle immer nachschauen schämt sich. sie könnte jetzt nicht mit werner schlafen. in der boutique streiten beide weil werner das ganze geld für eine lederjacke und rohseidenhemden für sich ausgibt. für gitta bleibt kein geld übrig. aus trotz gibt gitta ihr ganzes geburtstagsgeld für kleider aus. aber wie sie ins hotel kommt findet werner die sachen hübsch und sagt ich habe schon mit meiner bank telefoniert. morgen kannst du dir noch mehr kleider kaufen wenn du willst. ihre freundinnen schreiben einen brief in dem steht es ist eine gemeinheit dass wir fürs abitur büffeln müssen während du verheiratet und in spanien bist. werner sieht blendend sportlich aus ein traum aller mädchen. aber plötzlich findet gitta ihn langweilig. die ehe kriselt schon nach 14 tagen.

showtime!
durch rasche kamerafahrten und knappe schnitte ein furioso: inge meise verwandelt sich alle paar sekunden in eine andre gestalt aus der klassischen opern und operettenwelt. alles tobt.

gerda träumt:
ich habe in meinem letzten schuljahr noch vor dem abitur einen jungen ingenieur geheiratet. ich schildere meine hochzeitsreise. ich mache lauter dinge die ich noch nie getan habe. ich telefoniere um das frühstück. ich bin in spanien. ich bin sehr schön und habe wunderbare kleider. zum geburtstag schickt mutter mir 300 mark. dafür kaufe ich mir eine hautenge lederhose und einen schwarzen

kasack und einen goldenen kettengürtel. alle schauen mir nach weil ich blond bin. mein mann schenkt mir ein silbernes armband aber nicht das schwere das ich mir gewünscht habe sondern ein filigranes das mir sehr altmodisch erscheint. wir streiten. mein mann benützt mich nur. er bedient sich meiner. nicht mehr so wie in der kleinen studentenbude in münchen. ich bin unbefriedigt. bald wird harry der autorennfahrer mich befriedigen. meine ehe ist schon in einer krise so jung sie noch ist. werner hat zuwenig ver ständnis. beim tanz drückt ein reicher schöner spanier mich fest an sich und sagt wollen wir nicht gehn? werner ohrfeigt den spanier. er sagt ich bin kein waschlappen der sich von so einem die frau ausspannen lässt. ich im minikleidchen der alle immer nach schauen schäme mich. ich könnte jetzt nicht mit werner schlafen. in der boutique streiten wir beide weil werner das ganze geld für eine lederjacke und rohseidenhemden für sich ausgibt. für mich bleibt kein geld übrig. aus trotz gebe ich mein ganzes geburtstags geld für kleider aus. aber wie ich ins hotel zurückkomme findet werner die sachen hübsch und sagt ich habe schon mit meiner bank telefoniert. morgen kannst du dir noch mehr kleider kaufen wenn du willst. meine freundinnen schreiben einen brief in dem steht es ist eine gemeinheit dass wir fürs abitur büffeln müssen während du verheiratet und in spanien bist. werner sieht blendend sportlich aus ein traum aller mädchen. aber plötzlich finde ich ihn langwei lig. die ehe kriselt schon nach 14 tagen.

inge meise stürzt sich in einem altmodischen badetrikot ins schwimmbecken. vorher hat sie alle störenden körperhärchen sorgfältig entfernt. auch hat sie sich sorgfältig alle störenden kör perhärchen entfernt.

gerda liest:
werner stellt gitta den autorennfahrer harry vor. einen ehemaligen schulkollegen. harry ist eine wucht. er ist alles das was werner nicht ist oder nicht mehr ist: charmant zuvorkommend höflich leidenschaftlich zärtlich wunderbar und vieles mehr. die beiden sehen schon auf den ersten blick was los ist. harry führt sie in seinem amerikaner zum stierkampf. gitta ist erstaunt sie hat ge glaubt rennfahrer fahren nur sportwagen. harry erklärt: wir fahren privat alle grosse bequeme autos. zum ausgleich und weil wir im

mer einen haufen gepäck rumschleppen müssen. harry bemerkt sofort dass gitta von werner schon jetzt vernachlässigt wird. die blicke der beiden tauchen tief ineinander. beim stierkampf ist auch jennifer norden der star. sie lebt mit dem hauptkämpfer zusammen und schreit gellend auf als ein nebenkämpfer zusammenbricht. ih rem freund ist nichts passiert. würde ich auch so schreien wie die schöne filigrane jennifer wenn harry etwas geschehen würde? gitta ertappt sich bei dem gedanken. werner bemerkt nichts. er muss hinten sitzen gitta darf den schweren wagen chauffieren. harry sagt sie fährt ausgezeichnet. beim rennen dem grossen preis von spanien bei dem harry an den start geht wundert sich gitta dass sich so viele schöne mädchen bei den boxen rumtreiben. abfällig sagt harry die sind bei jedem rennen dabei betthäschen nichts weiter. nur frauen wie gitta zählen wirklich. das spürt sie. das rennen be ginnt packende atmosfäre. da eine staubwolke eine stichflamme rauch sirenen schreie. und gitta schreit um harry. gellend & wild. vorher hat harry noch zu werner gemeint: ich beneide dich um deine schöne frau werner. alter junge.

auch herr koester der fabrikant entfernt alle störenden körperhär chen. dann teilt er die fluten.

gerda träumt:
werner stellt mir den autorennfahrer harry vor. einen ehemaligen schulkollegen. harry ist eine wucht. er ist alles was werner nicht ist oder nicht mehr ist: charmant zuvorkommend höflich leiden schaftlich zärtlich wunderbar und vieles mehr. wir beide sehen schon auf den ersten blick was los ist. harry führt uns in seinem amerikaner zum stierkampf. ich bin erstaunt ich habe geglaubt rennfahrer fahren nur sportwagen. harry erklärt wir fahren privat alle grosse bequeme autos. zum ausgleich und weil wir immer einen haufen gepäck mit rumschleppen müssen. harry bemerkt so fort dass ich von werner schon jetzt vernachlässigt werde. unsre beiden blicke tauchen tief ineinander. beim stierkampf ist auch jen nifer norden der star. sie lebt mit dem hauptkämpfer zusammen und schreit gellend auf als ein nebenkämpfer zusammenbricht. ih rem freund ist nichts passiert. würde ich auch so schreien wie die schöne filigrane jennifer wenn harry etwas geschehen würde? ich ertappe mich bei dem gedanken. werner bemerkt nichts. er muss

hinten sitzen während ich den schweren wagen chauffieren darf. harry sagt ich fahre ausgezeichnet. beim rennen um den grossen preis von spanien bei dem harry an den start geht wundre ich mich dass sich so viele schöne mädchen bei den boxen rumtreiben. ab fällig sagt harry die sind bei jedem rennen dabei betthäschen nichts weiter. nur frauen wie du gerda zählen wirklich. das spüre ich. das rennen beginnt packende atmosfäre. da! eine staubwolke eine stichflamme rauch sirenen schreie. ich schreie schreie um harry. gellend & wild. vorher hat harry noch zu werner gemeint: ich be neide dich um gerda deine schöne frau werner. alter junge.

nicht enden wollender schlussapplaus. die mutti ist begeistert. sie hat viele melodien gehört die sie schon in ihrer jugend gesungen hat. sie erzählt noch beim ausziehen begeistert davon. gerda hört nicht recht hin. sie hat lieber krimis oder filme mit schönen jungen leuten und vielen problemen die aber gut ausgehen. bei der musik ist ihr schlagermusik von heute auch lieber. die mutti weint vor rührung. über ihre wangen laufen die tränen. schade dass ihre lieb lingssendung nicht öfter zu sehen ist.

gerda die an harry den rennfahrer denkt kommt sich viel besser vor als ihre mutti. sie schlüpft ins nachthemderl. die mutti gibt ihr einen gutenachtkuss und deckt sie zu. sie kommt sich viel besser vor als ihre mutti die gerda. aber sie wird trotzdem immer lieb zu der mutter sein auch wenn sie mit dem rennfahrer verheiratet ist & kinder hat.

liebe junge leser:

wie arm wäre unser leben ohne die schillernden träume! allerdings ist unser leben auch mit schillernden träumen arm. ein weiser mann hat einmal gesagt: träume sind schäume.

wirklichkeit

eisfest! selbst die kleinen & kleinsten machen mit. so viele herzige zwergerl und natürlich die prinzessin und der clown und viele tiere hunde katzen (der tommy fisch stolpert immer über seinen langen schwanz) hexen schneewittchen zauberer indianer cowboys wäschermädel blumenfrauen gärtner und viel so vieles mehr.

herr koester prämiert das gelungenste kostüm. so ein spass! die ingrid hat den ersten preis errungen. sie ist als bonbonverkäuferin kostümiert. ihre mutti hat ihr viele süssigkeiten und schokolade in einen korb gegeben die teilt sie an die jubelnden kolleginnen aus.

bravo ingrid! ingrid bietet auch herrn koester eine rolle drops an. danke liebes kind sagt herr koester lachend. er wirft die rolle aber weg weil bonbons nur dick machen. der zweite preis ist der kater tommy fisch der dritte ein lehrling als fliegenpilz verkleidet. nein wer ist denn das? das ist ja flipper! und porter ricks ist auch dabei. zwei kaufm. angestellte haben die kostüme in ihrer freizeit gebastelt. herr koester lobt.

die ingrid ist so stolz auf ihren ersten preis dass sie meint jetzt dreht sich alles nur mehr um sie. sie schmeichelt sich an die ehrentribüne zum herrn chef heran. die mutti hat ihr eingeschärft mach einen tiefen knicks! ingrid macht einen tiefen knicks schon recht kokett sie sieht schelmisch auf ihren herrn chef. sicherlich sieht der herr chef nur ingrid & sonst nichts. aber tommy fisch der zweitplacierte ist ingrid neidig. er gibt ihr einen stoss und ingrid fällt vor allen leuten auf den popo schaut dumm drein und weint laut auf. wie peinlich an ihrem ehrentag.

grade jetzt musste herr koester herschauen! er lacht schallend. er lacht über einen witz des betriebschefs. ingrid rennt brüllend zu ihrer mutti. die schämt sich und sagt wart zu hause wird dich der vati hauen. ingrid brüllt noch lauter. bäh! böse ingrid sagt die

mutti. jetzt hat dich der herr koester nicht mehr lieb. man muss sich ja mit dir genieren.
herr koester hat diese kleine tragödie am rande nicht recht mitbe kommen. uns interessiert sie auch nicht so besonders. nicht? mir ist schon beim schreiben fad.
das kann einem doch wirklich wurscht sein wer bei so einem blö den eisfest einen preis kriegt und wer nicht.

erzählung

mutti gehen wir heute ein wenig spazieren auslagen anschauen? fragt gerda. ja wenn ich das geschirr abgewaschen habe antwortet die mutter. darf ich meinen neuen mantel anziehen? ja aber pass auf dass du dich nicht schmutzig machst.

im fernsehen haben gerda und ihre mutti die übertragung einer autocrossveranstaltung gesehn. halsbrecherisch. meterhohe schlammfontänen. dabei ist ihnen ein sehr hübsches blondes mäd chen wahrscheinlich ein fotomodell oder eine filmschauspielerin aufgefallen die ganz mit dreck bespritzt worden ist. dennoch hat sie laut gelacht und sich gut unterhalten. sie hat dem sieger einen kuss gegeben. die mutter hat gemeint: die sollte sich doch vorher ein bisserl abwischen für die kamera. damit sie adrett aussieht. gerda hat gefunden dass sie gerade richtig aussieht. verwegen. sau berkeit hat noch keinem geschadet sagt die mama. das ist aber ein sehr gefährlicher sport gell gerda. aber gerda die sich auskennt und auch versteht was sie im fernsehn sieht antwortet: formel 1 rennen sind noch viel viel gefährlicher.

halt! ist das nicht der junge herr chef? michael nennt gerda ihn heimlich und wenn sie mit der mutti über ihn redet. sie stellt sich manchmal vor dass sie ihn vor allen so nennen kann.
ja genau. es ist michael. der junge herr chef ist in not! er versucht verzweifelt seinen neuen jaguar e in eine garageneinfahrt zu steu ern die zu einer gleichnamigen villa gehört. es geht nicht. michael ich helfe dir! gerda stürzt hinzu die mutter folgt langsamer. das junge volk will schliesslich allein sein. mutteraugen beobachten. gerda streckt sich und gibt handzeichen und weist ein und verrenkt

sich fast unnatürlich und zeigt und ruft und winkt und schneidet gesichter und zerreisst sich fast. mehr rechts rechts! (michael) setzt sie leise unhörbar hinzu. michael reversiert und versucht es zum 10. mal. gerda macht eine löschwiege und zeigt mit den fingern die millimeter an die michael mehr nach rechts muss. da! krrrracks. ein mehrstimmiger entsetzensschrei. der linke scheinwerfer ist ka putt. gerda wird schneeweiss. ihre mutti schlägt gerda mit der faust ins gesicht. geh gleich und entschuldige dich bei deinem herrn chef du böse! gerda schluchzt. in diesen wenigen sekunden zieht in gerda ihr ganzes leben vorbei. vor ihrem geistigen auge. alles was sie je im fernsehn gesehen hat. zum beispiel die stelle wo sich gerda bückt dass man ihre langen gebräunten beine sehen kann und vom rücksitz eines niedrigen sportwagens eine reiseta sche holt.

das schöne neue auto. der superschlitten hat eine beule. die mutti ist schneeweiss geworden. wenn sie das jetzt zahlen muss! aber gerda weiss sofort was geschehen muss & wird. wozu sieht sie schliesslich so oft das ganze programm im tv bis spät in die nacht? so geht es weiter: sie legt sich wie ein brett in ihrem neuen winter mantel vor die auffahrt. gleich wird michael herbeistürzen und fragen: ist ihnen etwas geschehen mädchen? dann wird er sie auf heben. etwas wie erkennen wird über sein gesicht huschen. dann wird er sie fest in seine arme nehmen um sie nie wieder loszulassen. die scheidung von patrizia wird sie in einem landhaus im gebirge abwarten. man wird dort gut für sie sorgen. sie wird ganz allein sein und doch wieder nicht allein weil sie hat ja MICHAEL.

heute ist samstag. der herr nachbar wäscht seinen vw.
ich habe heute geburtstag sagt die kollegin ingrid zum herrn chef. fein! und wo hat denn die ingrid ihren magen? da! und schon sitzt ein wuchtiger schwinger vom herrn chef gekonnt placiert genau in ingrids magengrube. und wo hat denn meine ingrid ihre nieren? hier! und rasch 2 glasklare haken links & rechts dorthin. und wo hat denn das fräulein ingrid heute wieder seinen kopf? da! der ge zielte handkantenschlag vom herrn chef reisst den kaufm. lehrling glatt von den füssen. wo sie sich doch so gefreut hat. manchmal sammelt die belegschaft sogar auf ein schönes geschenk! doch dies mal nicht. schade!

herr michael der juniorchef gibt gas. rückwärtsgang. mit einem satz schiesst der renner nach hinten und über gerda hinweg. als ob sie ein nichts wäre. sie ist auch ein nichts. gerda sieht aus wie ein abgebundener rollschinken. nur berg & tal. auch manche raupen sehen so eklig aus. die mutti sagt schnell weg hier die leute schauen schon. der neue mantel! wie du ausschaust! du weisst wie schwer blutflecke rausgehen. sie schlägt ihrem mädel fest eine hinten drauf. das tut fast noch mehr weh als das überfahrenwerden weil herr michael nämlich gerade herschaut. dabei ist sie doch kein kind mehr die gerda. nein. sondern ein lebendes waschbrett mit reifen profilen.
morgen muss sie wieder ihren alten mantel ins büro anziehen. & dabei hat er (michael) den neuen gar nicht richtig bewundern kön nen.

so schnell ging das alles. man kann nicht schnell genug schauen & schon ist was passiert.

liebe junge freunde!

sicherlich haben auch eure väter ein auto. so ein wagen macht na türlich eine menge arbeit. das sieht dann so aus dass euer vati mit euch wenn ihr jungen seid den wagen wäscht und poliert und ihr euch dabei ganz schmutzig macht. während eure mutti mit euch wenn ihr mädel seid das essen richtet mit einer markenmargarine die wertvolle vitamine und aufbaustoffe enthält. eure schmutzigen kleider werden mit biologischen waschmitteln gewaschen.
und wie sieht der fussboden wieder aus! meine beiden wagenwä scher sind darübergetappt. rasch das markenreinigungsmittel her!
ja so sehen freud und leid des autobesitzers aus!

nacherzählung

teenagerparty im nachmittagsprogramm. die mutti strickt einen pulli. gerda findet: ihr blaues mit dem grossen kragen ist so ähnlich wie das hier. welches? was die blonde dort anhat. deins ist hüb scher sagt die mutti. gerda ist ruhig weil sie nichts von der musik nummer versäumen möchte. kannst dich erinnern wie du beim schulfest akkordeon gespielt hast gerda? fragt die mutter. das war wunderschön. alle haben applaudiert und gemeint es war wie im radio so wunderschön.

könnte ich bitte einmal kurz die samstagbeilage anschauen bittet ingrid. wie macht man denn wenn man was möchte? bitte bitte. beim dritten bitte schlägt der herr bürochef ingrid die bitthände so fest gegeneinander dass die gelenke splittern. ordentlich bitten fräulein ingrid nicht so schlampig sagt der bürochef.

soll ich für dich und deine freundinnen etwas backen zur geburts tagsfeier wie früher? eine torte? das war so nett wie du noch klein warst gerda. so fragt die gerdamutter während sie einen pulli strickt. gerda möchte lieber tanzen gehen wie im fernsehen.

wünsch dir was! am podium stehen lange kleiderständer vollge hängt mit kleidern. auf den ruf dietmar schönherrs: hier gibt es was UMSONST! stürmen eine menge saalbesucher die bühne und wühlen wie die wilden in den kleiderbergen. es soll dabei beobach tet werden wie sich die beiden mitspielenden familienmütter in dieser dem ausverkauf ähnlichen situation verhalten. nach einiger zeit bittet dietmar schönherr bitte jetzt wieder auf die plätze. sie können behalten was sie ergattert haben. in diesem augenblick stürzt eine dicke frau aus dem publikum zum mikrofon das diet mar schönherr in der hand hält und sagt laut hinein: ich möchte bitteschön einen schönen gruss an Ihre frau... dietmar schönherr sieht sehr ernst aus zieht das mikro weg und sagt: ja das geht jetzt nicht. die frau läuft gleich davon. vor dem bildschirm windet sich ingrid in verlegenheit. sie schämt sich für die weggeschickte frau. sie fühlt sich GEDEMÜTIGT.

merkwürdig: alle diejenigen die im beatschuppen wie fernsehteen ager aussehen und sich so locker & leicht aufführen sind entwe der studenten oder höhere schüler. ingrid in ihrem hübschen blauen wird kaum beachtet. sie hat nicht den gewissen pfiff den man entweder hat oder nicht. und dabei hat die blonde in der tv teenagerparty ein ganz ähnliches kleid getragen wie sie. ingrid ver sucht den vorbeitanzenden zu erklären dass sogar ein mädchen im fernsehn einmal ein kleid angehabt hat das so ähnlich war wie ih res. ein student der nicht einmal eine krawatte umhat tritt ingrid so fest auf die füsse dass das leder der schwarzen lackpumps aufplatzt und im strumpf die maschen laufen. trotzdem bewundert ihn in grid weil er aussieht wie alle jungen leute von heute im tv. ingrid sieht so aus wie alle jungen leute von heute die im fernsehn als lehrlinge vorgestellt werden.

dietmar schönherr erklärt: wir planen auch für die nächste zeit mal einfachere spiele eventuell mit arbeiterfamilien zu veranstalten. für diese familien wären die 35 000 mark nämlich wirklich etwas.

vergiss dein gabelfrühstück nicht schatzi sagt gerdas mutter zu gerda. heimlich kauft sich gerda auf dem weg zur arbeit eine mode zeitschrift. eine brigitte. so eine verschwendung. aber die vielen bilder! der herr chef wird ihr gleich das gabelfrühstück aus der hand schlagen wenn sie zeitung liest statt zu arbeiten. wir alle ban gen um gerda.

und du fragt dietmar schönherrs frau vivi bach den 14jährigen sohn der schweizer familie. gehst du auch noch zur schule? nein ich bin berufstätig. ach sagt vivi überrascht. und was bist du von beruf? dreher. aha. dreher also. vivi bach wirkt richtig erschrok ken.

na ihr!

wollt ihr nicht mal eure eltern fragen ob sie auch an so einem fami lienquiz teilnehmen wollen? dafür sind gar keine vorbedingungen zu erfüllen. dafür sind so gut wie gar keine vorbedingungen zu erfüllen.

die einzige vorbedingung ist dass die familie aus vater mutter und einer tochter von etwa 17 jahren und einem sohn von etwa 14 jah ren besteht. das ist doch wirklich nicht so schwer. nicht? sicher gibt es millionen solcher familien.

und gewinnen kann dabei JEDER.

die einzige vorbedingung dafür ist ein kluger kopf. den habt ihr doch. oder?

ihr sollt einmal die freude von vivi bach und dietmar schönherr sehen wenn ihr euch für das spiel gemeldet habt! schon dafür lohnt es sich.

nacherzählung (nachtrag)

dietmar schönherr bittet die beiden familienmütter zu sich. spre chen sie bitte hier hinein. dort ist die kamera. zuerst die mutter der österreichischen familie: also was haben sie sich gedacht als sie die vielen menschen auf der bühne sahen? ich habe gedacht die sollen sich alle was von den kleidern nehmen. und wie haben sie reagiert? ich bin nichts wie hin und habe wie gesagt gedacht nimm dir schnell auch was. einfach was du erwischst und möglichst viel! danke gnädige frau. und nun unsre schweizer mutti: ja äh ich habe gedacht um gottes willen. AUSVERKAUF! (lachen) also habe ich mich möglichst aus dem trubel herausgehalten. (sie hat kein einzi ges kleid während die österreicherin 3 stück ergattern konnte.) also lichttest. welche familie liebe hamburger (diesmal die stadt die den lichttest durchführt) hat ihnen besser gefallen? musik. pause. die österreichische familie erhält den punkt. dietmar schönherr gratuliert zu dem punkt.

abschliessend sagt er zu der schweizer familienmutter: ICH hätte IHNEN den preis gegeben gnädige frau. (applaus.)

wirklichkeit

es klingelt. besuch ist da. patrizia die ein kind erwartet und ein umstandskleid trägt und erwartung im blick hat und gerade an einem kinderhemdchen strickt bzw. näht geht öffnen. nein mutter. so eine überraschung! komm doch rein. kurzer scharfer blick ida rogalskis. du hast doch alles was du brauchst kind? natürlich mut ter. gehst du auch genug spazieren? ja mutter. weisst du patrizia bewegung ist wichtig für mutter & kind. wie ich damals meine rangen erwartet hab da hab ich auch immer im laden geschuftet. uff das war ne zeit. und bei den jüngsten ja beim michael und dann beim thomas da war unser vater schon im krieg. da musst ich den ganzen laden alleine schmeissen und mit dem dicken bauch. kannst du dir das vorstellen patrizia? ja das muss eine zeit gewesen sein mutter. und haha jedesmal hab ich geglaubt jetzt wirds endlich n mädchen. nichts war. 5 jungen hintereinander. na ja ihr mit eurer pille habt das nun ja nicht mehr nötig 5 kinder. aber freude hab ich doch gehabt mit meinen lausejungen. ach mutter ich möchte auch mindestens 5! haha.

die ganze zeit haben ida rogalski und die zuschauer bemerkt: ob wohl patrizia fröhlich ist und versucht unbekümmert zu erschei nen stimmt doch irgend etwas nicht. man merkt das an den fahri gen bewegungen an kleinigkeiten die nur wenigen auffallen. sie ist nervös. ja sie ist nervös. aber sie sucht es zu verbergen. ist ida ro galski denn blind? alle rufen schon im chor: frag patrizia doch was los ist!

aber irrtum. frau rogalski hat natürlich längst bemerkt dass patri zias unbekümmertheit nur show war. aber bei einer frau in dem zustand muss man behutsam sein. sehr behutsam.

frau rogalski kennt patrizia doch viel besser als die zuschauer.

also kind schluss jetzt mit der schauspielerei. was ist los?

ach nichts mutter nichts. ist es wegen dem kind? ach nein. dem kleinen gehts gut. doktor steinhauser ist zufrieden. na gott sei dank. dann kanns ja nicht so schlimm sein. nein wirklich nicht. mach dir keine sorgen mutter!

also jetzt raus mit der sprache patrizia. vielleicht kann ich dir hel fen na los! ach es ist nur. na? ich glaube michael hat ärger im be trieb. aber ich hatte geglaubt er wäre so tüchtig. dein vater ist ja begeistert von seinen fähigkeiten. fast ist frau rogalski ein wenig eingeschnappt. ach daran liegts ja nicht mutter. michael ist ein

blendender juniorchef. er ist der beste nachfolger den sich vater wünschen konnte. jung vital intelligent initiativ mit neuen pro duktiven ideen kaufmännisch sehr tüchtig undsoweiter. er bringt richtig neuen wind in die firma. vater meint sogar wenn michael so weitermacht können wir wieder vergrössern. ganz heisse wangen hat patrizia bekommen. frau rogalski ist froh dass wenigstens da alles klappt. wenn ein mann spürt dass ihn seine frau als arbeiten den anerkennt und hinter ihm steht dann ist das schon ein grosser gewinn.
also patrizia. wenn sowieso alles so prima vorangeht was ist denn dann noch was dich bedrückt? kann doch nicht mehr so schlimm sein.
doch mutter. sehr schlimm sogar.
also was ist denn noch los? aber sag mir die wahrheit kind.
ja weisst du mutter: michael ist eben doch noch sehr jung. na um so besser. wenn ein junger schon so tüchtig ist. ist ja auch mein sohn nicht wahr? hör zu mutter unterbrich mich nicht. also: die beleg schaft macht schwierigkeiten. ich kann das ja irgendwie verstehen. das sind lauter ältere männer die sich im betrieb schwer hochgear beitet haben. sie waren alle sehr tüchtig und treu und loyal und haben sich nicht geschont. aber sie sind eben schon älter und na türlich (was das alter ja mit sich bringt) nicht mehr so auf dem laufenden. sie arbeiten ja fleissig aber eigene ideen können sie nicht mehr entwickeln dazu sind sie eben zu festgefahren in alten scha blonen.
(patrizia redet wie ein wissenschaftler so klug. so gewählt drückt sie sich aus.) und ausserdem: schliesslich ist michael ja mein mann vaters schwiegersohn. er wäre doch wahnsinnig wenn er einen so tüchtigen mann der noch dazu in der familie ist auf irgendeinen unwichtigen posten stellen würde. hab ich nicht recht mutter? man kann doch vertrauensstellungen nicht an fremde vergeben wenn man einen wirklich qualifizierten schwiegersohn in der fa milie hat. vater & ich sind da vollkommen einer meinung. aber die leute sind eben so unvernünftig die machen schwierigkeiten wos nur geht. michael du solltest ihn mal sehn mutter wenn er am abend nach hause kommt. völlig abgespannt und mit den nerven fertig. er sagt es ist keine offene opposition sondern so kleine hin tertreibereien weisst du mutter die können einen ganz schön fer tigmachen. (patrizia redet wie ein buch.) die machen michael noch

ganz fertig. die sehn einfach nicht wie tüchtig er ist. schliesslich tut er alles doch nur zum besten der firma und damit auch zu ihrem eigenen besten. hab ich nicht recht mutter? (nicken) und das sind lauter männer die ich schon von klein auf kenne. dass die zu so was imstande sind! hätt ich nicht geglaubt.
bei manchen von ihnen besonders beim alten neumann bin ich noch auf dem schoss gesessen als kleines mädchen. da war ich lie ber als auf dem spielplatz. er hat immer so spannend erzählt wo der kaffee herkommt aus fremden ländern. patrizia lächelt in der erin nerung. er hat mit vater zusammen die firma gegründet. er war von anfang an dabei.
über ein vierteljahrhundert ist das jetzt her!
wieder sachlich: aber er muss doch einsehen dass mal ein jüngerer kommt das ist doch immer so im leben. das alter muss doch gehn. hab ich nicht recht mutter. ida rogalski lächelt wehmütig weil sie ja auch schon alt ist. aber dann gewinnt wieder ihr nüchterner ver stand die oberhand: empört: aber die machen dann den jungen ja richtig fertig mit ihrer intrigiererei. nein sag jetzt nichts patrizia. wie ich dich kenne hast du das ganze übel eher kleiner gemacht als es ist. schliesslich kann michael ja nichts dafür dass er diese stellung hat. wie ich michael kenne opfert er sich auf dafür. ja mutter. weisst du wann er immer nach hause kommt? keinen abend vor 9. manchmal noch später. ich habe schon gar nichts mehr von ihm. und natürlich ist er immer gereizt und übermüdet und aufgerieben von diesen kleinen streitereien im betrieb. ich bin ganz verzweifelt.
eine frau in dem zustand! die zuschauer sind empört. kann man sie denn nicht wenigstens jetzt schonen wo sie doch das kind kriegt.
na na tröstet ida rogalski. wein nicht kindchen. ich werde das jetzt mal in die hand nehmen. ach nein mutter. bitte nicht. misch dich nicht ein. michael würde das nie verstehen wenn man sich in seine angelegenheiten mischt. er muss und will allein damit fertig wer den. aber er ist jetzt schon ziemlich am ende!
na kind (frau rogalski sieht dass man patrizia jetzt nicht mehr auf regen darf) ist gut. wir werden sehen. neumann sagst du ist der ärgste? ja mit dem gabs in letzter zeit ständig ärger. michael sagt er trinkt ist schon dreimal betrunken in die rösterei gekommen. mi chael sagt er muss ihn rauswerfen wenn er so weitermacht. michael sagt wenn er nicht soviel respekt und anerkennung für neumanns leistungen für die firma und vor seinem alter hätte wäre er schon

längst geflogen. woanders hätten ihn die beim erstenmal gefeu ert. sagt michael. und jetzt nützt der michaels güte aus. und da bei hab ich ihn immer so gern gehabt. richtig undankbar finde ich das. er hat auch noch diesen schönen posten als chef der rö sterei. und von kaffeebohnen versteht er wirklich was. da macht ihm keiner was vor. aber lange hält michael das nicht mehr durch. er wird doch mal mit vater reden müssen. (patrizia ist er schöpft).
die zuschauer sind einer meinung. wenn jeder an dem platz bleiben würde an den er gestellt ist gäbs weniger ärger auf der welt. alles wäre friedlicher. wenn SIE es wagen würden gegen ihren chef zu opponieren. nicht auszudenken was geschähe. schliesslich muss man ja an die familie auch denken.
ist dieser neumann eigentlich verheiratet? so fragt frau rogalski als hätte sie die gedanken der zuschauer erraten.
ja ist er. seine frau ist ziemlich viel jünger als er. kinder hat er nicht. hat erst vor einem jahr geheiratet. bisschen spät. manche im be trieb munkeln dass in der ehe nicht alles so ist wie es soll.
aha. in frau rogalskis gehirn funkt ein gedanke alarm.
pass auf patriziakind. ja mutter? ida legt den arm um patrizia. ich werde mich drum kümmern. ich bring die sache in ordnung. nein mutter! nein! ich habe dir doch gesagt du machst alles noch viel schlimmer. vertraust du mir denn nicht kind? hab ich bis jetzt schon vieles schlimmer gemacht? nein mutter natürlich nicht. aber michael würde es nicht wollen. er will allein damit fertig werden. hab ich dir doch gesagt. aber frau rogalski hat den resoluten ge sichtsausdruck aufgesetzt den jeder schon kennt.
aha sagen die zuschauer. frau rogalski wird es richten. sicher. sie ist lebensklug praktisch erfahren menschlich warm & tüchtig. sie ist ein mensch. und keine maschine. ein junger ist vielleicht doch et was zu geradeheraus in solchen dingen. die zuschauer haben ver trauen zu frau rogalski. wenn sie eine eigene frau rogalski hätten würde ihnen viel ärger erspart bleiben. sie müssen alles selber ma chen. und nicht einmal so gut.
es klingelt. hier ist michael! ach junge! wie schön dass ich dich noch treffe. hör mal du vernachlässigst deine frau aber ganz schön. michael wirkt blass & nervös. er umarmt seine mutter und patri zia. pause.
schweigen. ein unlösbares problem scheint in der luft zu liegen.

schliesslich umarmt frau rogalski die beiden. sie muss jetzt gehn. es wird alles in ordnung kommen. ihr werdet sehn. und wozu hast du schliesslich eine mutter michael?
seitenblick michaels zu patrizia. weiss mutter etwas? patrizia schweigt. dramatische situation.
endlich bricht michael das schweigen. mutter: darf ich dir mal den betrieb zeigen? morgen vielleicht? passt dir 10 uhr? frau rogalski lächelt. das ist genau das was sie will. gut michael. 10 uhr.
tschüüüsss bis morgen also! tag kinder! plötzlich weiss jeder auch der kleinste zuschauer dass alles gut wird. (fortsetzung folgt.)

erzählung

so ein schöner badesonntag. alles strömt in die bäder.
ingrid darf ihr kleines transistorradio mitnehmen. sie hat es zum geburtstag bekommen. die mutti trägt die tasche mit dem vorge kochten mittagessen. und die rex gläser mit dem gurkensalat. in grids mutter hat krampfadern. ingrid ginge gern mit ihrem chef baden. aber ihr chef geht mit patrizia die ein kind bekommt baden. wie die menschen immer drängen! die mutti sagt: drängen sie nicht so. doch sie selbst als resolute frau stösst mit armen ellbogen bei nen und mit ihrer grossen plastikhandtasche. die andren antwor ten: drängen sie nicht so und stossen zurück. ingrid ist das pein lich. ingrids mutter schimpft mit den leuten. sie alle wollen doch hinein. ruhe. es ist ja für alle platz. sogar an so einem schönen bade sonntag. aber wenn ausverkauft ist? nein es ist nicht ausverkauft und alle kommen sie hinein.

auch porter ricks badet ununterbrochen. bud und sandy tau chen.
miss norstrand gerät in not. porter eilt ihr zu hilfe. sie ist nämlich eingeklemmt. mit dem tauchermesser schneidet porter einen saube ren rundschnitt am schenkelansatz dreht den knochen ab und schneidet die restlichen sehnen durch. beinlos strebt miss nor strand wieder der oberfläche zu. gerda möchte ein autogramm für sich und einige für ihre freundinnen. wenn porter ricks ihr chef wäre würde er ihr immer die tür aufhalten und die aktenstösse tragen. und dabei noch lächeln.

auch patrizia sucht heute das öffentliche bad auf. alle nehmen rücksicht weil sie doch was kleines erwartet. sie trägt ein schickes modellumstandskleid aus frottee. ganz kurz. eine alte frau sagt bei dem zustand sollte sie sich doch etwas länger anziehen. patrizia lächelt hilflos und verlegen. michael stösst die alte frau mit dem knie in den unterleib dass sie röchelt und wie ein taschenmesser zusammenklappt. patrizia bedenkt michael mit einem strahlenden antwortlächeln. ingrid versucht zu winken zu rufen zu gestikulieren zu brüllen sie steigt auf ihre mutti drauf. sie sagt ihrer mutti das ist mein junger herr chef mit seiner jungen frau. er kennt mich schon. ich möchte ihn begrüssen. die mutti lässt ingrid gleich auf ihre schulter und von dort aus auf ihren kopf steigen. die mutti hält ingrid an den knöcheln fest. damit sie nicht runterfällt. man kann ingrid unter ihr sommerkleid sehen. sie trägt einfache weisse kochunterwäsche. sie trägt einfache aber schon leicht schmutzige kochunterwäsche. ingrid schreit laut und bewegt die hände wie ein filmstar der mit dem zug abreist oder eine gangway hinaufsteigt. hin & her. ingrid hüpft ein bisschen auf dem kopf ihrer mutter um aufmerksamkeit zu erregen. alle schauen schon her weil die mutti vor schmerz mit den zähnen knirscht und ihr ganze blutige haarbüschel ausfallen. und weil ihr die kopfhaut gezeichnet ist von den absätzen von ingrids festen ausflugsschuhen. aber nur der junge herr michael schaut nicht her. er ist um seine schwangere junge frau bemüht. patrizia trägt einen minislip in der farbe und dem stoff des kleides. sie bewegt sich vorsichtig aber doch mit grazie. sie hört lächelnd zu. sie wirkt jung. frau rogalski die die beiden heute begleitet schirmt sie vor neugierigen blicken ab. sie ist immer in bewegung. die kleine gruppe wirkt wie etwas besseres das sie auch ist.

gerda ist die einzige die IHN wiedererkennt den dunklen gebräunten mann mit dem hellen sommeranzug. im lift. es ist porter ricks. den sie immer im tv bewundert. sie erklärt porter ricks dass sie sich die sendung trotzdem gern ansieht obwohl sie eigentlich schon ein wenig zu alt ist dazu. sie glaubt dass so eine stimme aus dem grossen seherkreis porter ricks freuen wird. porter ricks sagt ich freue mich. dann lässt er ihr die schwere eiserne lifttür ins gesicht schwingen, das wird zumindest ein blaues auge geben wenn nicht noch mehr.

zur strafe wird gerda am nächsten samstag den apparat nicht ein schalten wenn flipper läuft. wie aber der samastag da ist dreht sie doch wieder ein. es ist ja so spannend die abenteuer des zahmen delfins zu verfolgen.

da fällt ingrid auch schon herunter von ihrer mutter. die mutter ist nicht mehr ganz neu sondern ein wenig angekratzt. aber sie sagt recht hast du kind. den herrn chef muss man grüssen. aber wenn er nicht herschaut kannst du nicht grüssen. die mutti hat alles ausge zogen bis auf das rosa unterkleid. die mutti ist schwammig und fett. das fett spritzt ihr aus den poren wie ingrid ihr alles zusam mendrückt mit ihren dicken gummisohlen. ingrid kann leider nicht sehr gut schwimmen sonst könnte sie ihrem herrn chef damit imponieren. auch ihr badeanzug ist alt. ingrid hat ihn schon in der hauptschule getragen. er ist keiner von den modernen. willst du dem herrn chef nicht ein schnitzel anbieten fragt die besorgte mutter. und einen salat? das ist eine gute idee. mutter & ingrid haben nur einen einzigen teller und ein salatschüsserl mitgenom men. daraus isst immer ingrid. die mutter isst gleich aus dem thermosbehälter und dem einsiedeglas. aber heute nicht. die mut ter legt ein schnitzel auf den teller das größte sogar. dazu kom men ein paar kartoffeln nett angerichtet und zum schluss der gur kensalat. eine extraportion. ingrid die sonst immer den salat am liebsten isst muss heute verzichten. sie tut es aber gern weil es für den herrn chef geschieht. patrizia mag sie weniger gern. soll ich eine cola beim büffet besorgen mutti? oder eine fanta für den herrn michael oder lieber ein bier? ja tu das ingrid. die mutti gibt ingrid das geld. sonst darf sich ingrid immer ein eis kaufen. aber heute gibt sie ihr geld für den herrn chef aus und holt ein bier. eiskalt. dann balanciert sie vorsichtig zum herrn chef. das wird ein erfolg!

die arbeiterfamilien dürfen in der sendung wünsch dir was einan der in zimmern besuchen die genau ihren eigenen daheim nachge baut wurden. sie begrüssen einander besonders höflich. sie sagen darf ich ihnen was zu trinken anbieten? wollen sie bitte platz neh men? einen kleinen imbiss? wollen sie tee oder kaffee? aber die mutter der deutschen familie hat angst dass die möbel beim trans port ins aufnahmestudio gelitten haben. sie prüft alle ecken & kan ten genau. herr schönherr sagt lachend: haben sie keine angst gnä dige frau. es ist sehr aufgepasst worden. ihren möbeln ist sicher nichts passiert.

herr michael der juniorchef schaut verständnislos auf ingrid die ihm blutrot und verlegen den teller und die salatschüssel hinhält. ingrid weiss nicht was sie sagen soll sie stottert. frau rogalski nimmt sich ihrer an. patrizia versteht nichts. sie riecht nach par füm. sie hat eine fruchtschnitte aus einer konditorei auf einem papptellerchen vor sich. ingrid sagt darf ich ihnen einen bissen anbieten. nein danke kind sagt frau rogalski stellvertretend. vielen dank. aber sie sind gut. hausgemacht. meine mutti hat sie gebacken würgt ingrid heraus. bitte greifen sie doch zu! nur eine kleinigkeit. danke sagt auch patrizia. der herr chef kennt ingrid gar nicht. end lich versteht sie. ihr kommen die tränen. beim aufstehen rinnt et was salatessig auf patrizias kleid. sehen sie nicht dass meine frau besonders geschont werden muss brüllt michael. in diesem zu stand. er fegt die teller aus ingrids hand. nicht einmal den salat lässt er übrig. er liegt im gras. den kann man jetzt nicht mehr essen. leider. der herr chef poliert ingrids gesicht mit der bierflasche der er vorher den hals abgeschlagen hat. ingrid kommt gar nicht nach das blut abzulecken. sie hat es doch nicht mit absicht getan. die mutti sucht im gras nach dem schnitzel. endlich findet sie es. wenn man die kruste ablöst die sandig geworden ist kann man das fleisch sicher noch essen. es wäre doch schade drum. ingrid schnüffelt getröstet weil sie doch noch was gutes zu essen be kommt. und heute verzichtet die mutti auch noch auf ihren salat und schenkt ingrid ihre portion. fein!

die schweizer familienmutti kann sich gar nicht genug wundern dass sogar der kanarienvogel der familie in seinem käfig sitzt und die sendung mitmachen darf. sie lacht sich halb kaputt. auch die österreichische familie hat einen sittich im bauer. er kann sogar sprechen! stolz führen die familien ihre möbel und bilder vor. da werden die zuschauer aber staunen! sicherlich haben viele von ih nen eine ähnliche einrichtung aber nicht jede kann im fernsehn gezeigt werden. so ein glück haben nicht alle. gott sei dank ist auch schön aufgeräumt. kein stäubchen. das kann man den zuschauern schon präsentieren. die unterhaltung der familien dreht sich hauptsächlich um bilder. es soll herausgefunden werden welches bild man der familie zum geschenk machen würde. welchen ge schmack die familie also besitzt. alle sind mehr für das alte. das gefällt ihnen besser.

ingrid erzählt ihrer mutti dass der herr chef sonst immer freundlich und höflich ist. nur heute nicht weil die mutter dabei ist. sonst schon. die mutti sagt immer sollen wir alten schuld sein. sie ist gekränkt. da umarmt ingrid ihre mutti und gibt ihr einen kuss.

ingrids mutti sagt am abend beim fernsehn: gott sei dank hat die familie gewonnen die sich mit dem geld das einfamilienhaus bauen will. das ist doch vernünftiger als reisen oder so was. ingrid ant wortet das haus vom kerrn koester solltest du einmal sehn mutti aber die mutti lacht nur.

die mutti sagt: schade dass du keinen bruder mit 14 hast. dann könnten wir auch mitspielen und vielleicht gewinnen!

liebe junge freunde

was haben wir heute wieder gelernt? geben ist seliger als nehmen. auch wenn die richtigen nichts davon kriegen und immer den fal schen genommen wird.
und noch was merkt euch: wer gleich gibt gibt doppelt.
das hat ingrid heute am eigenen leib erfahren.

nacherzählung

gitta ist schön.

gitta geht nicht sie schwebt. niemand sieht ihr an dass das nicht von selber kommt sondern dass man dafür arbeiten muss. gümnastik massage körperpflege etc.
gitta verdient sich ganz allein ihr geld. sie ist fotomodell. von ihren reichen eltern nimmt sie kein geld. sie ist auch stolz.

gerda kommt nur schwer vorwärts. sie trägt pakete. sie schleppt. hinter ihr geht der herr chef. gerda trägt ihm die päckchen vom auto zum lift. gerda schwitzt stark. die ärmel ihrer bluse sind schon ganz durchgeschwitzt. und der rücken.

gitta ist schön.

gerda ist hässlich.

(ingrid ist hässlich.)

o. k. very good. keep it. sagt der fotograf. er sagt es nicht er singt es. gitta ist locker & gelöst. ganz junges mädchen. die anstrengen den aufnahmen hinterlassen ihre spuren. aber man sieht sie nicht. die spuren. nachher gehen modell (sprich modl) und fotograf es sen.

inge meise ist schön. aber sie gefällt mehr den alten leuten.

und jetzt holt die gerda ein bier singt der herr abteilungsleiter. er hat gerda von hinten an seinen schwanz gespiesst und gleichschritt marsch marsch rammt er gerda nach anlauf gegen die mauer. gerda knickt nach vorn zusammen und schützt ihren armen kopf zwi schen den knien mit den handflächen. der herr abteilungsleiter braucht für seine stellung initiative rasche entschlusskraft und in tuition. das beweist er jetzt einmal mehr indem er gerdas hände vom kopf wegreisst und seine fäuste wie dampfhämmer hernieder sausen lässt.

patrizia ist schön.

herr koester tommy fisch inge meise porter ricks etc. sind alle schön. jeder auf seine weise.

gerda ist hässlich. auch ingrid ist hässlich.
es gibt noch viel mehr hässliche lehrlinge und angestellte.

hat mir das fräulein gerda etwas schönes mitgebracht? fragt der herr abteilungsleiter als die besagte durch die tür stolpert behängt mit biergefüllten einkaufstaschen netzen und tragsäcken. ja herr abteilungsleiter antwortet gerda. hier ist ihr bier. der herr abtei lungsleiter reisst gerda die arme nach hinten und vorne das büro kleid das die mutti geschneidert hat vom ausschnitt bis zur taille auf. die bierflaschen fallen gleich hinunter und zerbrechen. die scherben zerschneiden gerdas füsse und beine. was hat denn die gerda hier schönes sagt der herr abteilungsleiter und holt alles her aus. der herr abteilungsleiter beisst mit genuss in gerdas linke brust wie in ein apferl. das mundet. gerda brüllt wie am spiess. so und das ist für die kaputten bierflaschen sagt der herr abteilungsleiter dem der saft zwischen den zähnen herausspritzt: und er schlägt gerda zur strafe. nach diesem kleinen happen geht der herr abtei lungsleiter an die arbeit.

in WIRKLICHKEIT geht es nicht so krass zu. in wirklichkeit ist es schlimmer. liebe jungen und mädel wenn einer hier übertreibt so ist es herr koester oder der herr abteilungsleiter.

es gibt auch arme leute die mit ihrem aussehen ein vermögen ver dienen könnten vertraut gitta an. sie wissen es bloss nicht.
gitta ist schön.

schön allein genügt nicht. das meint frau inge meise in einem inter view. es muss auch geist charme esprit klugheit etc. dazukommen. auch eine hässliche frau kann das haben. gerda und ingrid sind hässlich. sie besitzen weder geist noch charme noch esprit noch klugheit etc. sie besitzen nichts. patrizia ist schön. michael ist schön.
der herr abteilungsleiter bindet gerda arme & beine zusammen und springt mit aller kraft auf dem paket gerda herum. jetzt ist gerda noch hässlicher obwohl alle geglaubt haben das geht nicht mehr.
die schönen auf die eine seite! g. hat so gar nichts schönes an sich!

wirklichkeit

heute zieht die gerdamutter ihren neuen mantel an setzt den neuen hut auf zieht die neuen handschuhe an die neuen schuhe und hängt die neue handtasche über den arm. alles neu. so neu dass es glänzt wie frisch lackiert. kaum kann sich die mutter fortbewegen.
auch gerda hat sich in ihren feststaat geworfen. sie trägt das was die verkäuferin fesch und modern genannt hat. sie sieht weder fesch noch modern aus damit. sondern wie von vorgestern. trotzdem ist sie ein junges mädel das man gern ansieht. die mutti stellt sich vor wie das wäre wenn sie jetzt jemanden besuchen könnten der etwas ist. einen schauspieler oder einen andren star. jemanden den jeder kennt. da würden ein paar leute die mutti dann auch gleich ken nen. aber so besuchen sie nur die tante grete und den onkel hans. gerda stellt sich vor dass sie den tommy fisch besucht. der ist ge nauso jung und modern wie sie die gerda.

manchmal sieht man im fernshen auch zwei junge leute im bett liegen. meistens sind es studenten journalisten reiche söhne und töchter oder künstler oder so. einer ist meistens blond und der andre dunkelhaarig. meistens liegt das mädchen im bett und hat die bettdecke so drapiert dass man den brustansatz sehen kann während der mann daneben einen bademantel trägt und eine ziga rette raucht. in dem film den ich gestern gesehen habe hat das mäd chen (eine journalistin) die zigarette geraucht. beide haben un glaublich viel geredet. über alles mögliche. beide haben geredet wie die wahnsinnigen. das mädchen hat erschöpft gewirkt und die zigarette mit gut herabgezogenen mundwinkeln geraucht. aber sie hat kluge sachen gesagt. auch er war journalist und hat kluge sa chen gesagt. aber trotzdem irgendwie allgemeinverständlich. sie haben über wichtige probleme gesprochen. dazu hat der platten spieler gespielt. plötzlich hat das telefon geläutet. der mann hat sich gemeldet. er war sehr aufgeregt hat nur ein paar worte ge schrien das publikum das den zusammenhang kennt freut sich: es geht um einen mord. der junge journalist stürzt weg. schnitt.

kein mensch käme auf den gedanken dass gerda oder ingrid was zu sagen haben wenn sie den mund aufmachen. gerda und ingrid schweigen besser. das reden sollten sie jenen überlassen die es ge lernt haben. und das sind eine ganze menge. wenn gerda oder in grid versuchen wie im fernsehn oder im kino zu sprechen dann wissen sie gleich nicht weiter und müssen sich schämen. manchmal glauben gerda und ingrid dass es zwei verschiedene arten von spra che geben muss. diejenige die sie sprechen und diejenige die die andren sprechen. die andren vom fernsehn sind fast so anders wie der herr chef oder die junge frau patrizia.

onkel hans und tante grete freuen sich ungemein über den lieben besuch. sie haben viele gute sachen gekocht die bieten sie jetzt an. die mutti frisst schon auch gerda sagt zur guten torte nicht nein. der onkel und die tante loben ununterbrochen die guten dinge die sie für ihre gäste gekocht haben. die mutti überlegt schon was sie für onkel und tante kochen wird wenn diese das nächste mal bei ihr zu besuch sind. sie wälzt kochrezepte in ihrem kopf. die torte hier ist vom konditor das sieht man doch auf 10 kilometer entfernung! die mutti nimmt sich ganz fest vor selber eine noch bessere mehl speise zu backen. gerda stellt sich schon wieder etwas im geist vor: sie selbst bei tommy fisch zu gast! seit dem letzten kinobesuch denkt sie an nichts andres mehr. die mutti redet mit der tante über gerda als ob diese ein möbelstück wäre. sie reden über die lehre und den herrn chef. gerda benimmt sich wie einer im film der mehr weiss als die andren. so als ob sie mit dem herrn chef schon per du wäre. gleich wird sie eine ohrfeige bekommen von ihrer mutti!

der journalist streichelt über den körper der jungen journalistin. beide sehen aus als ob sie ein schönes leben hätten. die zuseher sehen natürlich nur die sonnenseiten nicht die schattenseiten des schweren journalistenberufes. gerda hat gehört dass journalisten angestrengt arbeiten müssen und oft bis spät in die nacht hinein unterwegs sind. wann haben die dann zeit zum fernsehn? gerda erklärt das ihrer mutti. die mutti sagt was weisst denn du davon und gibt ihr noch eine ohrfeige. vielleicht interessiert den herrn bürochef gerdas weisheit? gerda erzählt im büro dass journalisten viel zu tun haben. da lacht der herr bürochef und schleudert gerda gegen die decke. nanu was hat die gerda plötzlich für einen flachen kopf? wie ein pilz oder ein teller. sooo flach. der chef staunt. er hätte nie gedacht dass etwas das er tut so ein echo hervorrufen kann.

und wieder einmal ist heute. und heute ist wieder mal fernsehn. die mutti hat ein paar brote gestrichen. sogar wurst hat sie gekauft. und für gerda eine flasche cola. die familienflasche. da spart sie dabei. weil mehr cola in der familienflasche ist reicht sie auch län ger. gerda will von den ereignissen des tages berichten. aber die mutti zischt: psst! gleich gibts was zu lachen. mit ernstem ange spanntem gesicht wartet die mutti auf die stelle zum lachen. da ist sie schon. das saalpublikum röhrt vor lachen. die mutti klatscht sich auf die schenkel biegt den kopf zurück reisst das maul auf strampelt mit den füssen auf den boden und bricht in röhrendes wieherndes gelächter aus. ist das lustig! sie hat doch gewusst dass es heute lustig wird. diese sendung ist als lustig bekannt. auch gerda vergisst die leiden des tages. nur die politische anspielung eben hat sie nicht kapiert. sie liest wenig zeitung lieber roman hefte. auch die mutti hat die anspielung nicht verstanden aber sie lacht trotzdem lauthals. als sie sieht dass gerda nicht reagiert zieht sie ihr mädel bei den haaren und dreht ihr die nase mit 2 fingern um. uuuh heult gerda wie ein junger hund. pass besser auf beim fernsehn sagt die mutter. der apparat war teuer. oder es geht ab ins bett. nein mutti bitte nicht ins bett! nur das nicht. fernsehn ist die schönste belohnung für ALLES.

die junge journalistin spricht schon wieder. diesmal mit ihrem chefredakteur. ingrid staunt dass der chefredakteur der jungen journalistin sogar was zu trinken anbietet. in ingrids wirklichkeit würde der herr bürochef ihr den flaschenhals in den schlund stos sen. tv ist nicht wirklichkeit. natürlich nicht. aber fernsehn ist der wirklichkeit sehr ähnlich. man erkennt so vieles wieder. allerdings gibt es im wirklichen leben sogar leute die beinahe oder ganz so leben wie die im fernsehn. der herr chef zum beispiel oder patrizia und michael. der herr chef lebt in wirklichkeit wie die chefs im tv. es gibt fast nur chefs im tv zu sehen. ein tag ohne chef im tv und das publikum käme aus der übung. eben geht ein mädchen über den bildschirm das ingrid sehr ähnlich sieht. onkel hans und tante grete brüllen wie am spiess und winken. sie steigen sogar auf die sofa lehne. aber das mädchen dreht sich nicht mal um. na warte sagen onkel hans und tante grete: sie drohen mit den fäusten. sie debat tieren noch stundenlang darüber: kaum ist die nichte im fernsehn ist sie auch schon hochnäsig. tante grete hat schaum vorm mund. gott sei dank wird die blöde gans im laufe des films von ihrem herrn chef entlassen. recht geschieht ihr!

gerda denkt was macht jetzt wohl tommy fisch? sicher lernt er eine neue rolle. ein schöner aber anstrengender beruf. es gibt viele be rufe. auch gerda hat einen der zu ihr passt. sendeschluss. schluchz. aber morgen geht es ganz neu weiter. sogar anders als heute! span nend.

na meine lieben buben und mädel!

ihr seht natürlich nur das jugendprogramm, ihr müsst ja morgen früh aus den federn. da darf man nicht zu spät schlafen gehen.
und wenn es euch heute nicht gefallen hat dann seid nicht traurig morgen gibt es sicher wieder euer lieblingsprogramm.
allerdings wird auch euer lieblingsprogramm die lücke nicht füllen können die zum beispiel der tod eines lieben menschen oder haus tiers hinterlässt.
allerdings wird auch euer lieblingsprogramm überhaupt keine lücke füllen können.

nacherzählung

was bedeutet ihnen ihre arbeit? die frage geht an hilfs und bauar beiter. was? (lärm) was soll ich drauf sagen? jetzt habe ich keine zeit. dort ist der meister. bitte? was soll sie mir bedeuten? ich muss ja arbeiten dass ich leben kann und mit 60 in die rente gehen kann.
dabei verdiene ich das meiste ich habe wohl einen andren beruf erlernt. zum broterwerb sonst nichts. was soll einem DIESE arbeit schon bedeuten? aus gewohnheit (ich bin schon 25 jahre dabei).
das ist keine arbeit die hilfsarbeit das ist eine arbeit für primitive für idioten. ich mache sie deshalb weil ich nichts gelernt habe.
für den wochenlohn mehr gibts nicht. freude ist keine dabei.
was soll einen dabei freuen? da wüsste ich mir was schöneres als arbeiten.
wir sind dazu geboren. was besseres gibts für uns nicht.
seien wir doch froh dass wir die arbeit haben. wenn ich an die grosse arbeitslosigkeit denke...
die frage was bedeutet ihnen ihre arbeit an den baupolier: ich ar beite ja nichts. ich bin der antreiber der technische leiter sozusa gen. die arbeit bedeutet nichts ich muss nur aufpassen dass alles weitergeht.

die hübsche tochter der scholzens doris hat das grosse glückslos gezogen. der reiche architekt jürgen hechler führt sie zum standes amt. inge meise überwacht einstweilen im vornehmen hotel kem pinski die tafel. sie bringt alle kellner zur verzweiflung. die kellner sind lustig und haben galgenhumor. sie machen über inge meise ihre kleinen scherze. da das essen zu teuer ist bezahlt herr hechler den grössten teil davon. aber die scholzens dürfen nichts davon ahnen. sie sollen glauben dass sie das vornehme hochzeitsessen allein bezahlen. der sohn den doris aus erster ehe mitbringt (mi chael – ein andrer michael) kann sich nur schwer mit dem neuen vater anfreunden. er ist bockig und aufsässig.

was bedeutet ihnen ihre arbeit? der schaupieler-regisseur otto schenk: was gibt dem fisch sein wasser? er weiss ja nicht wie es ist ohne wasser. arbeiten ist vielleicht nicht das richtige wort man müsste da ein neues wort erfinden. dieses wort hat so einen odio sen nebenklang von schwitzen das klingt so durch. obwohl uns das allen wahrscheinlich guttäte!

im auto sagt die frischgebackene doris hechler: mama und papa dürfen niemals etwas davon merken. herr hechler: keine angst sie werden niemals etwas erfahren. inzwischen im kempinski ärgert sich inge meise dass ihre mama aus dem altersheim eine insassin mitgebracht hat um die tafel zu bewundern. muss denn das heute sein mama? so fragt sie. die insassin staunt. so was schönes hat sie noch nie in ihrem leben gesehen. so eine vornehme tafel. die tv zuschauer lachen dauernd weil inge meise sich so tolpatschig an stellt. aber ein bisschen fürchten sie sich auch vor dem vornehmen küchenchef.

was bedeutet ihnen ihre Arbeit? die frage geht an eine toi lettenfrau: ja wissen sie höflichkeit wurde mir anerzogen. den dienst tute ich für meinen chef. ich habe keine persönliche mei nung dazu. aber manchmal gilt schon: höflichkeit ist eine zier doch weiter kommt man ohne ihr. wir sind für den chef da wissen sie. meinung dürfen wir nicht haben. spass macht nur das tägliche fixum das wir kriegen. vom chef kommt fast jede stunde einer her unter kontrollieren ob etwas ersetzt oder repariert werden muss. jetzt können sie mich gleich bei der arbeit ertappen! (entschuldi gen sie gnädige frau aber wie es scheint habe ich eben radioauf nahme. wasserspülung.) abgesehen vom geld bedeutet sie nichts die arbeit. ich will ganz ehrlich sein sie ist für mich nur überbrük kung. ich bin eine alte bürokatze – eine klapperschlange. eine klapperschlange wie man so sagt haha. alt werden möchte ich nicht da hier. es ist nicht das was ich mir erträume. mein vater ist vielfach ausgezeichneter mittelschulprofessor. der würde die hände über dem kopf zusammenschlagen!

der bruder des bräutigams ein bekannter internist (dieter borsche) hält eine kurze rede. er würzt die rede mit geistreichen anekdoten. die simplen scholzens sind beeindruckt. während michael ungezo gen ist. dann sagt inge meise zu ihrem mann du musst auch eine rede halten. herr scholz traut sich nicht er sagt er kann nicht reden. inge meise klopft an sein glas. da muss er dann wohl. seine rede ist zwar schlicht und dumm und blöde und einfach aber sie geht zu herzen gerade weil sie so schlicht dumm blöde und einfach aus fällt. die zuschauer weinen weil ihr eigener vater dasselbe bei ihrer eigenen hochzeit gesagt haben könnte.

was bedeutet ihnen ihre arbeit? die frage geht an schlächter im schlachthof st. marx: weil ich freude damit habe und der beruf mir gefällt.

die arbeit ist schön.
weil ich LIEBE zum beruf habe. ich habe die fleischhauerei gelernt und bin stolz darauf. finanziell komme ich auch gut aus.
reizen tut mich die SCHLACHTUNG das umgehen mit rind und schwein. jeder muss seine aufgabe haben. an dieser reizt mich vor allem das zusammengehörigkeitsgefühl mit den kollegen.
die arbeit bedeutet für mich sehr viel. es ist zwar eine blutige arbeit die etwas in verruf steht aber sie füllt einen menschen aus. wir haben einen alten fleischhauerspruch der heisst: du kannst dem tier das leben nicht doch einen schnellen tod kannst du ihm schen ken!

inge meise erzählt allen dass das junge paar noch am gleichen abend nach teneriffa in die flitterwochen abfliegt. aber das stimmt nicht. am nächsten abend findet ein grosser empfang für die snobi stischen freunde des architekten im dachgarten des hilton statt. doris hat gebeten die eltern nicht einzuladen weil sie ihnen die snobistischen freunde (siehe oben) ersparen möchte. papa hat doch gar keinen smoking sagt sie. herr hechler (jürgen) sagt dann lassen wir eben einen machen. aber doris sagt nein. papa und mama würden auch nicht wissen wie man sich auf so einem emp fang richtig bewegt. sie sagt für dich ist das selbstverständlich aber für papa und mama nicht. der eifersüchtige sohn michael spielt inge meise jedoch eine der einladungskarten in die hände. inge meise die gedacht hat das junge paar ist schon in den flitterwochen fällt aus allen wolken. sie ist entsetzt. der vornehme schwieger sohn schämt sich ihrer! die scholzens sind beleidigt. zu michael sagen sie du bleibst doch unser enkel was auch geschieht. oma hält zu dir! die tv zuschauer sind beleidigt. sie haben das gefühl der vornehme schwiegersohn würde sich auch für sie genieren. sie sind bereit ihn fallenzulassen. sie sind eher wie die familie scholz nicht wie herr hechler.

was bedeutet ihnen ihre arbeit? michael heltau schauspieler: ich beschäftige mich vollkommen freiwillig mit meinem hobby also mit dichtern und theaterstücken. eigentlich ist es eine berufung kein beruf. konkrete arbeit ist es aber schon etwas zu realisieren was ein dichter geschrieben hat. ich könnte mir nicht vorstellen die arbeit nicht zu haben. wenn es sie nicht gäbe hätte ich sie für mich erfunden.

wie die hechlers aus den flitterwochen in ihre exklusive wohnung zurückkommen und michael bei den grosseltern abholen merken sie gleich dass was nicht stimmt. die atmosphäre ist eisig und ge spannt. was ist los mama? da stimmt doch was nicht. inge meise sagt so kurz angebunden und beleidigt wie es sonst nicht ihre art ist: michael hier ist deine schultasche geh mit deinen eltern. die zuschauer zittern vor genugtuung. fest drauf! gibs ihm! auch die wohnung die du uns verschafft hast wollen wir jetzt nicht mehr. als portiers sind wir uns zu gut. wir haben erfahren dass die wohnung in wirklichkeit über 700 mark kostet. wir brauchen kein almosen. die fernsehzuschauer sind sprachlos. die schöne wohnung! und inge meise lehnt sie einfach ab. sie hätten sie sofort genommen. das kommt daher dass die tv zuschauer die kein geld haben auch kei nen stolz haben. inge meise dagegen hat ihren stolz. wenn wir in einem fernsehspiel mitmachen würden könnten wir auch stolz sein so sagen die zuschauer.

was bedeutet ihnen ihre arbeit? lehrlinge antworten:
die arbeit soll uns auf unser weiteres leben vorbereiten. und dass wir einen beruf erlernen.
wir leben um zu arbeiten und weiterzukommen.
arbeit macht spass mir zumindest schon.
dass ich einen beruf erlerne für mein späteres leben.
hilfsarbeiter sein – heutzutage ist das nichts.
ich arbeite damit ich mir mein leben verdienen kann. eigentlich ist das DAS LEBEN.
damit ich einmal eine familie und ein heim gründen kann. auch macht sie mir spass. meine tante ist auch uhrmacherin. ich möchte einmal ihr geschäft übernehmen können.
arbeit macht spass aber keine arbeit ist noch besser. viel besser.
dass ich was erreiche im leben. dass ich geld verdiene. dass ich mir etwas leisten kann. dass ich mir etwas kaufen kann.

so einen hübschen nabel hat das frl. gerda sagt der herr chef und bohrt mit einem lineal so lange drin herum bis er am rücken wieder herauskommt. gerda schreit auf wie von einer wespe gestochen und ist beleidigt. später kommt der herr chef mit einem dicken ordner. suchen sie diese und diese rechnung heraus frl. gerda sagt er kurz und geschäftlich. nein sagt gerda ich mach das nicht. ich habe auch meinen stolz. hätten sie mir vorhin nicht das lineal in den bauch gebohrt hätte ich ihnen jetzt die rechnungen herausgesucht. aber so habe auch ich meinen stolz. so schnell kann gerda gar nicht schauen wie ihre hirnschale da kracht wie ein hühnerei. die tv zuschauer sagen wenn man arbeitet darf man keinen stolz haben. sonst muss man fühlen wenn man nicht hören will.

was bedeutet ihnen ihre arbeit? ernst fuchs maler: die arbeit bedeutet mir schlicht: ALLES. ich arbeite so gern dass ich das jedem so gönnen würde. die menschen können arbeit nicht mehr LIEBEN. seit der industrialisierung ist dies glaube ich eine der grundkrankheiten des menschen.

für familie scholz ist es unmöglich eine wohnung zu finden weil die mieten zu hoch sind. vater ist erschöpft vom vielen treppauf treppab. plötzlich steht inge meise vor dem reichen schwiegersohn. bitte könntest du uns nicht eine wohnung besorgen. es ist

wegen vater. er ist am ende. aber natürlich. sofort. kleinigkeit. inge meise hat ihren stolz überwunden und alles kann wieder gut wer den. jürgen sagt noch: bitte beeinflusse michael künftig nicht dass er seine hausaufgaben in der schule abschreibt. seine versetzung ist mit 2 fünfen gefährdet. er muss lernen zu arbeiten und nicht sich verwöhnen zu lassen.
die zuschauer schmunzeln. jaja diese grossmütter. verwöhnen die bengels. sie machen es mit ihren ganz genauso.

was bedeutet ihnen ihre arbeit? taxilenker: die arbeit macht mir keine freude beim heutigen verkehr. ich muss so lange stehen und dann ist es mit den fahrgästen ärgerlich und so weiter.
sie müssen liebe dazu haben sonst ist es nicht möglich 12 stunden täglich zu arbeiten in unsrem gewerbe.
ich muss arbeiten denn es ist fast unmöglich bei den heutigen löh nen auszukommen. ich muss bis zu 18 stunden täglich fahren sonst gehts nicht. ich muss arbeiten. spass machts mir keinen. früher ja. aber jetzt hasse ich das.
was soll ich machen? gern fahre ich nicht. aber ich habe familie. da geht nur: einpassen!

wie eine tigerin schnellt sich gerda aus dem hinterhalt klammert sich an die hosenbeine vom herrn chef hält sich fest und wird mit geschleift. das tut weh all die spitzen ecken und kanten aber nur nicht auslassen! bitte bitte herr chef heult sie und krallt die finger in den stoff. ich möchte wieder rechnungen aussortieren. bitte. ich habe meinen stolz abgelegt und bin nicht mehr stolz. jetzt kann alles gut werden herr chef. der herr chef schleudert sein bein gegen den aktenschrank dass es in gerda knackt wie eis im frühjahr. aber sie lässt nicht locker. bitte herr chef! bitte den ordner! ich bin nicht mehr stolz ich bin das gegenteil von stolz.

was bedeutet ihnen ihre arbeit? ein justizwachebeamter: ich tue dienst im wachzimmer. einen tag werden welche vorgeführt. ein mal ist spaziergang einmal wieder überstellung dann einmal baden dann einmal im stock dienst dann einmal verhandlung und jetzt waren wir auf einer interessanten exkursion in lienz in osttirol.
mein beruf hat für mich viel bedeutung. ich hoffe dass ich die oberschule machen kann. das macht mir viel freude.

oh verzeihung sagt der herr chef ganz als ob er eine fremde und nicht seine gerda vor sich hätte als er ihr ein paar backenzähne eintritt. nuschelnd brüllt gerda: herr chef ich habe mich besonnen ich bin nicht mehr stolz. bitte um arbeit! die tv zuschauer nicken wissend. wäre gerda vorhin nicht so stolz gewesen müsste sie jetzt nicht so leiden. sogar inge meise die ja viel mehr ist als gerda je sein wird hat eingesehen dass man sich durch übertriebenen stolz viel leid schaffen kann. vor allem bei menschen die man liebt. hätte gerda beim fernsehn besser aufgepasst wäre das nie passiert. die sendung hiess doch die unverbesserlichen und ihr stolz. das be deutet ja dass jemand der stolz ist unverbesserlich ist. jemand der ZU stolz ist natürlich.

was bedeutet ihnen ihre arbeit? herbert fux filmschauspieler: ar beit soll ja spass machen. wenn man das wort hört hört man sofort auch schwitzen. diesen arbeitsbegriff lehne ich ab. als arbeit darf ich es nie empfinden.

ich will es also noch einmal mit ihnen versuchen gerda. so sagt der chef. wenn sie das wirklich eingesehen haben. bald macht sich unsre gerda mit roten ohren aufgeregt an die geliebte büroarbeit. die zuschauer sind gerührt. als anfängerin darf man nicht gleich beleidigt sein wenn der vorgesetzte mal nicht so ganz nach ihrem köpfchen will. die zuschauer sind oft schon sehr weit fortgeschrit tene. aber auch sie dürfen nicht gleich beleidigt sein.

was bedeutet ihnen ihre arbeit? totengräber: schwer zu sagen. ich habe erst angefangen, mir gefällts aber ganz gut. es ist etwas siche res. arbeiten muss man überall. mit freude geht man nicht dran.
wir sind eigentlich beerdigungshelfer. es gefällt mir. spass ist es keiner es muss aber auch sein. wir sind fix angestellte. man ist auch im freien. es ist eine erdarbeit – ich war früher zimmermann bin aber schwindlig geworden am gerüst – freude ist es keine eben eine erdarbeit.
mir machts spass. am bau muss man immer auf nachstöhr gehen. hier haben wir pünktlich schluss.
es ist eine sichere arbeit. leute sterben immer.
was freut den menschen schon? mich freut es nicht.

hurra ich darf wieder büroarbeiten! gerda hüpft vor glück auf ihrem schreibtisch umher wie ein übermütiger vogel. da federt der herr chef herbei hängt sich mit seinem chefgewicht an gerdas füsse an und zerrt sie vom tisch wieder herunter. mit seinen schweren fäusten wuchtet er den lehrling wieder in den drehsessel und schlägt noch kurz nach. gerdas gesicht verzieht sich weinerlich aber da sagt der herr chef was haben sie mir eben versprochen frl. gerda? gleich lacht sie wieder. wie ein vollmond. auch die zuschauer lachen wieder. haha. wie schön dass man sich daheim vor dem fernseher gehenlassen kann.

liebe hörerinnen und hörer:
dieser satz ist nicht erdichtet. dieser satz ist wahr:
was bedeutet Ihnen Ihre arbeit?

erzählung

patrizias gesichtsausdruck ist ein verinnerlichter d. h. sie schaut in sich hinein. was sie dort sieht ist ihr kind das im märz auf die welt kommen soll wenn nichts dazwischenkommt. was sollte patrizia dazwischenkommen?

gerda dagegen träumt dass ihr gesichtsausdruck ein verinnerlichter wäre d. h. dass sie in sich hineinschaue. sie träumt dass das was sie dort sieht ihr kind ist das im märz auf die welt kommen soll wenn nichts dazwischenkommt.
aber gerda kommt eine menge dazwischen.

patrizia – gerda. eine gegenüberstellung.

eigentlich kann man patrizia gerda gar nicht gegenüberstellen weil man etwas sehr hohes und etwas sehr niedriges nicht gegenüber stellen kann. also stellen wir gerda patrizia auch nicht gegen über.

frau rogalski steckt michael gerade in seine sonntagshose. auch darf er heute zur feier des tages das bunte cowboyhemd anziehen und seinen kopfschmuck aus indianerfedern aufsetzen. er ist so jäger und gejagter in einer person. michael möchte lieber jäger sein. er schreit mutti michael jäger und wirft die indianerfedern auf den boden. ei ei mein bub mahnt frau rogalski. aber recht hat er doch. oder? und jetzt pferd! michael braucht nur zu verlangen der verzogene junge und schon springt die mutter. frau ida rogalski bückt sich gehorsam und lässt ihren buben auf den rücken steigen. dort krallt sich michael in das mutterhaar und schlägt frau rogalski die absätze seiner lauflernschuhe in die kruppe. es folgt der mut tergalopp durch die gänge des koester hochhauses. überall öffnen sich bürotüren und neugierige fröhliche gutgelaunte angestellten gesichter lugen heraus. verlegen grinsend wie die idioten stehen neugierige fröhliche gutgelaunte angestellte in den türen und tre ten von einem bein aufs andre und verschränken die gelenke dass es knackt und legen die köpfe vor verlegenheit schief. soviel froh sinn an einem gewöhnlichen arbeitstag das sind sie nicht ge wöhnt.

patrizia sieht in einer brigitte das foto einer werdenden mutter. die werdende mutter patrizia möchte so aussehen wie die werdende mutter auf dem farbfoto. gleich eilt patrizia davon um sich auch so ein indisches handgestricktes kleid zu kaufen. patrizia ist ein at mendes bild des friedens. wie arm wären wir wenn wir nicht eine welt des friedens der anmut und der schönheit in unsren frauen hätten.
so sagt herr koester. er kann sich gut ausdrücken. herr koester greift nach der neben ihm stehenden ingrid und drückt sie aus wie eine zitrone. vom kopf bis zu den zehen hinunter. er fasst alles ingrid das er erreichen kann fest zusammen und wringt es aus wie ein nasses handtuch. einmal sieht ingrids gesicht nach vorne dann nach hinten dann wieder nach vorn und das ganze immer im uhr zeigersinn. das tut ihnen weh den sehnen und muskeln. gott sei dank sind sie durch die ständige einförmige büroarbeit unterent wickelt und reissen schnell durch. die muskeln und sehnen.

gerda hingegen ist hässlich und unattraktiv.

herr koester hält patrizia seine tochter die noch immer dasselbe kind wie vorhin erwartet ganz fest an sich gedrückt. so gehen beide durch die gänge und korridore des koester hochhauses. herr koe ster hebt zuerst den rechten fuss patrizias und stellt ihn behutsam ein stück weiter vorn wieder auf den boden dann tut er dasselbe mit dem linken. dann schiebt er den schwer gewordenen aber noch immer unheimlich schönen patriziakörper nach. so fürsorglich ist er als mensch und vater. meine tochter ist schwanger. aber meine tochter ist eine moderne junge frau und treibt trotzdem sport und macht auch sonst moderne sachen.

gerda hingegen geht gerade vorüber. sie trägt das paket mit den broten und die thermosflasche mit dem heissen kaffee den die mutti ihr mitgegeben hat obwohl ja die kantine da ist. da erblickt sie herrn koester. der ist so hoch dass er gerda sogar freundlich anschauen kann. der herr bürochef schaut gerda nie so freundlich an. vor freude dass herr koester sie freundlich angeschaut hat schlägt sich gerda freiwillig die glasflasche über den schädel. die splitter bohren sich sogleich in die hirnhaut und machen einen le benden kaktus aus gerda. der heisse kaffee macht ihr auch noch die neue weisse hemdbluse dreckig. dann zeigt gerda dass sie dazu noch auf einem bein stehen kann und mit den händen bitte bitte machen. die andren kaufm. angestellten und lehrlinge sind gerda neidig. gleich führen auch sie ihre kunststücke vor. sie schlagen räder stehen kopf essen brennende zigaretten und stechen sich überall messer in den leib. herr koester lächelt zwar aber sagt kein wort des lobes. er weiss genau wie weit er gehen kann und wie weit nicht.

na liebe jungen und mädel!

schon wieder die hosen voll? schämt euch!
wenn man es sogar bis hierher riechen kann dann riecht herr koe ster das ganze natürlich sofort das ist klar. er steht ja direkt neben euch. wenn ihr eure muskeln nicht besser zusammenhalten könnt dann ist diese arbeit nicht die geeignete für euch. dann heisst es wechseln. ja was ich damit sagen wollte ist: arbeit arbeit und noch mals arbeit.

tag. da bin ich nochmals.
gerda und ingrid haben meinen ratschlag soeben befolgt. sie haben euch aber nur gezeigt wie so was ausarten kann. der herr chef hat gesagt fräulein tun sie dies und fräulein tun sie das. gerda hat ge glaubt er hat dabei sie gemeint. ingrid hat sicher gewusst er hat dabei sie gemeint. beide stürzen los und prallen mit den köpfen zusammen. jede will natürlich die erste sein. weil aber die eine der andren im weg steht werden beide böse. sie beisssen einander in arme und beine. sie zerreissen einander die arbeitskleidung schla gen aufeinander ein wie die berserker und spucken ganze ladungen zähne heraus. das geht so lange bis der herr chef mit dem schuhab satz dazwischentritt. was unter seinen fuss gerät bleibt nicht ganz so zum beispiel gerdas rechte grosse zehe. damit war der streit schon beendet. beide mussten aufräumen was sie kaputtgemacht hatten. aber das bild noch nach tagen: 2 blutige köpfe jeder in einer andren ecke die einander böse und wütend anglotzen. unverträg lich. merken sie denn nicht dass jeder nur an sich selbst denkt und nicht an den betrieb der eigentlich der erste ist? nachtragend. selbstsüchtig und kurzsichtig obendrein.
ja was ich damit gesagt haben wollte ist: arbeit arbeit und nochmals ARBEIT.

wirklichkeit

doris sagt hier will ich das bild aufhängen über dem sofa. der be kannte architekt sagt wie wollen sie da hinaufkommen? doris (in blue jeans sportlich und doch schick) sagt ho ruck steigt grazil auf die sofalehne und hängt betont jungenhaft das bild an die wand plötzlich verliert sie den halt und schreit leise (aah!) auf und fällt hinunter geradewegs in die arme ihres späteren mannes des be kannten architekten. der hält sie fest ganz fest. doris lächelt spitz bübisch und sagt na los küss mich schon du wartest doch nur dar auf. daraufhin küssen beide einander mit einem langen nicht enden wollenden kuss. (kuss.)

ingrid kann den blick nicht vom fernseher wenden. sie sagt zu ihrer mutti ich möchte dass mich auch einmal jemand liebt. ich meine richtig liebt und zu mir gehört wie im film. ich meine richtig lieben mutti. die mutti sagt aber hasilein ich hab dich doch lieb. richtig lieb. mutterliebe ist die reinste liebe. auf sie kannst du dich verlassen auf einen mann nicht. die zuschauer lächeln geringschät zig haben sie doch oft im tv erfahren dass es echte liebe gibt. auch ingrid glaubt daran. bewahr dir deinen glauben an das gute in grid!

gitta das fotomodell sitzt nur da und hört zu wie rico der fotograf ihr sagt ich liebe dich. er sagt es fast brutal. er ist brutal und doch weich das wissen die zuschauer das weiss gitta noch nicht. sie kennt nur die brutale seite. aber obwohl rico der fotograf gesagt hat ich liebe dich wie man eine beschimpfung sagt liebt er gitta trotzdem mehr weich. aber der kuss den rico gitta gibt ist eher hart obwohl die liebe wie gesagt eher weich ist bei rico.

ingrid die blöde kuh will noch immer von jemand geliebt werden. die lehrzeit scheint kein ende zu nehmen. vielleicht nimmt die lehrzeit schneller ein ende wenn ingrid richtig geliebt wird. die mutti nimmt ingrid ganz fest in ihre mutterarme gibt ihr einen dicken kuss und sagt mein mädi ich hab dich doch sehr lieb! ingrid kann sich kaum befreien. ich möchte dass ein MANN mich richtig liebt mutti sagt sie. da zieht die mutti ihren hausschuh aus und schlägt ihn ingrid um die ohren. die ingrid zieht sich in sich zusam men und wird ganz klein. und mies. allerdings war ingrid schon immer klein und mies. die zuschauer die doch mehr vergleichs möglichkeiten haben merken das längst.

tag. da bin ich wieder liebe jungen und mädchen!

ingrid hat doch tatsächlich LIEBEN gesagt. sie hat auch LIEBEN gemeint! ihr habt ganz richtig gehört.

nacherzählung

pünktlich schlag 10 uhr betritt die mutter michaels frau rogalski das koester kaffee hochhaus. diesmal als eine siegerin nicht als eine besiegte. weit öffnen sich ihr alle türen. die chefsekretärin persön lich führt sie über gänge und durch türen ins chefbüro. ins büro des juniorchefs. kurz in michaels büro. guten morgen mein kind. frau rogalski im dezent gemusterten kleid mantel ensemble aus seide küsst michael. der wirkt schon vormittags so abgespannt wie man abgespannter nicht mehr wirken kann. abgespannt wie alle chefs im tv. sie haben ja auch viel am hals die männer die unsre wirtschaft lenken.

nervöl schreit michael seine sekretärin zusammen aber die mutter legt gut und beruhigend ihre kühle hand auf seine stirn. aber micha sagt sie nur. dieser kosename aus kleinkindertagen bringt ihn wie der zur besinnung. verzeih mutter ich bin einfach überlastet. soll ich ein andres mal kommen junge? aber nein mutter ich freue mich doch. wir wollen gleich gehen. frl. kolbe wenn jemand nach mir fragen sollte ich führe meine mutter durch den betrieb.

überall stehen staunende angestellte und bewundern frau rogalski. wie sie jedoch ihren herrn chef sehen flüchten sie rasch wieder hinter ihre bürotüren zurück. nun geht es in den keller. immer tiefer. maschinenlärm getöse hitze schweiss. hier arbeiten die ar beiter in der rösterei und rösten den berühmten koester kaffee. also hier wird das gemacht sagt frau rogalski. interessant.

frau rogalski stellt sich wie immer ungeschickt an die zuschauer lieben nämlich gerade ihren tolpatschigen charme und ihre her zenswärme und klugheit. stellen sie sich doch oft genauso unge schickt und unbeholfen an die dussel. frau rogalski lässt sich alles eingehend erklären. sie sagt aha und oh und soso. ihr gesicht ist gespannt wie eine zweite haut. der vorarbeiter stösst di[illegible]beiter die sich nahe herandrängen wieder zurück in ihre dunk[illegible] übernimmt die erklärungen. und hier gnädige frau [illegible] schlechten bohnen aussortiert. mit der hand? der [illegible]

brüllt vor lachen aber man merkt er lacht frau rogalski nie aus sondern er lacht über ihre kleinen scherze. nein natürlich nicht gnädige frau. wir haben dazu unsre maschinen. wenn eine einzige dieser stinkbohnen in den zum verkauf bestimmten kaffee gelangt dann ist die ganze lieferung unbrauchbar. verdorben reif zum weg werfen. frau rogalski darf mal an den stinkbohnen die bereits aus sortiert sind riechen. sie rümpft übertrieben die nase und sagt igitt das stinkt. ich habe es ihnen doch gesagt gnädige frau.
michael der dauernd nervös auf die uhr sieht fragt plötzlich den vorarbeiter sagen sie wo ist neumann heute eigentlich? er müsste doch längst hiersein. und zu seiner mutter: neumann hat nämlich als chef die rösterei über. ich habe dir doch erzählt er hat mit vater zusammen gleich nach dem krieg den betrieb aufgebaut. er war weniger initiativ und kaufmännisch begabt als vater aber als arbei ter äusserst verlässlich und gewissenhaft. hier in der rösterei ist er unentbehrlich.
ja wo ist er? die zuseher suchen überall aber sie werden den alten neumann noch eher kennenlernen als ihnen lieb sein wird.
der vorarbeiter druckst verlegen herum aber er sagt nichts. frau rogalski merkt sofort dass der vorarbeiter verlegen herumdruckst aber nichts sagt.
plötzlich fliegt die tür zu den garderoberäumen jäh auf und eine betrunkene gestalt torkelt in völlig desolatem zustand in den ma schinenraum. eher noch als die andren wissen wir alle: das muss neumann sein. neumann torkelt heran und schaut seinem junior chef ins gesicht.
wie gesagt völlig besoffen. taumelnd und in schlechtem zustand. nicht wie ein chef der rösterei sondern wie ein betrunkener.
michael fährt angeekelt zurück. aber frau rogalski die lebsenskluge bleibt ruhig. sogar etwas wie mitleid mit dem alten mann zeigt sich auf ihrem gesicht. als schauspielerin weiss inge meise wie sie das bei frau rogalski darzustellen hat.
sie sind ja betrunken sagt michael. und zum vorarbeiter: warum haben sie mir das nicht gemeldet? und zu neumann: ich habe ihnen gesagt wenn das noch ein einziges mal vorkommt dann fliegen sie. dann gehen sie und wenn sie 50 Jahre bei der firma sind. so eine bodenlose frechheit. und von dem leichtsinn will ich gar nicht re den mit dem sie hier einen riesenschaden hätten anrichten können. michael brüllt plötzlich vor wut. in neumanns mehr tierähnlichem

gesicht das sich langsam vor hass auf den jungen herrn chef ver zerrt zeigt sich der ansatz einer idee. einer bösen idee. auch neu mann kann das mit seinem gesicht ausdrücken.
aber jetzt ist es endgültig zuviel. ich kann auf ihre treuen dienste keine rücksicht mehr nehmen ich habe sie gewarnt. mit dem ersten sind sie zuerst einmal beurlaubt. ich werde die angelegenheit mit meinem schwiegervater besprechen. der jugend fehlt manchmal taktgefühl aber hier muss michael hart durchgreifen. stellen sie sich vor liebe fernseher wenn der betrunkene neumann etwas tut dass einer der arbeiter vielleicht verletzt wird oder gar stirbt!
einen moment glauben die zuschauer neumann wird auf michael losgehen und ihn einfach niederschlagen als ob er der chef wäre und nicht umgekehrt. frau rogalski schreit schon leise auf und der vorarbeiter ist sprungbereit seinen chef zu schützen. da wendet sich der alte neumann plötzlich jäh um und stürzt davon. wortlos. unheilschwanger. da wird noch was kommen. das wissen wir alle genau.
michael zittert noch immer. komm mutter sagt er jetzt ist mir die führung wirklich verleidet. es tut mir leid dass du dir das ansehen musstest diesen hässlichen auftritt. aber so geht das nicht weiter mit neumann. frau rogalski sagt (gott sei dank endlich wieder auf dem kühlen gang fern vom maschinenlärm und der hitze): der mann sieht aus als ob er einen kummer hätte. einen schweren kum mer. unsinn widerspricht michael heftig. er hält es nicht aus dass einmal ein jüngerer besserer sein vorgesetzter ist. frau rogalski wi derspricht sanft aber bestimmt: ich glaube den mann frisst etwas andres auf. hast du dir seine augen angesehn junge? was interessie ren mich neumanns augen? michael lacht höhnisch.
wir alle wissen dass frau rogalski recht haben wird und dass sich das auch herausstellen wird dass neumanns kummer mit der firma nichts zu tun hat. es ist das private das schuld ist.
michael sagt frau rogalski ernst du magst zwar ein guter chef sein aber menschlich fehlt dir noch einiges an reife. lächerlich. michael überhört das einfach aber sein gewissen beginnt zu ticken. tick tack.
ich muss jetzt gehen sagt frau rogalski. und sie geht wie sie gekom men ist. michael hat jetzt andre sorgen.
am nächsten tag erscheint neumann nicht im betrieb am übernäch sten auch nicht. unentschuldigt. und am dritten tag ein telefonan

ruf: 5 filialen haben die kaffeelieferung zurückgeschickt. reklama tionen. unbrauchbar. stinkt wie die pest. die lösung: stinkbohnen! die sortiermaschine hat stinkbohnen in die lieferung gemischt. und wer hat diese maschine ganz allein zur wartung über? natürlich neumann. sabotage. nur neumann konnte das absichtlich getan ha ben kein andrer kennt sich mit der komplizierten apparatur aus! michael kocht vor wut. jetzt fliegt neumann aber da hilft ihm kein bitten mehr. der stab ist gebrochen. wir alle die wir zuseher sind wären schon wegen geringerer fahrlässigkeiten geflogen. michael ist ja kein unmensch er ist gerecht und sogar nachsichtig aber was zuviel ist ist zuviel. frau rogalski erfährt die sache beim gemeinsa men familienabendessen.

ihr entschluss steht fest. gleich morgen wird er ausgeführt der ent schluss. wie immer ist es ein guter entschluss. gut für ALLE nicht nur für einen.

na liebe jungen und mädels! wollt ihr auch dass diese

langweiligen geschäftlichen angelegenheiten endlich erledigt sind? damit frau rogalski sich wieder schöneren spannenderen dingen zuwenden kann? vielleicht wieder eine ehe stiften oder eine liebes geschichte. das sehen wir doch alle viel lieber. oder dass rainers frau ein baby adoptieren darf weil sie sich ein kind wünscht und keines bekommen kann. das sind doch im grunde die wirklich wichtigen dinge im leben. oder so oder so ähnlich.
wir wollen uns doch entspannen. die arbeit haben wir schliesslich jeden tag.
von der arbeit haben wir schliesslich schon genug.
aber sogar etwas das man jeden tag hat kann durch das fernsehen oft einen eigenen reiz eine eigene bedeutung bekommen die man sonst gar nicht bemerkt hätte. nicht wahr?
man muss vor dem apparat nur augen ohren und das herz aufma chen das andre kommt dann schon von alleine.
nur die hosen dürft ihr nie aufmachen. die nicht.
sonst werdet ihr nie so wie frau rogalski sondern bleibt immer schlecht und mickrig.

wirklichkeit

amateur disc jockey peter: ihnen ist es gelungen was nur wenigen gruppen und schlagerstars gelingt nämlich sich über jahre hinweg in der spitze zu halten.

rasch! höchste zeit! gerade kann patrizia ihren michael hinter sich her schleifend frau rogalski am eingang noch abfangen. mutter komm zurück. wir brauchen dich mehr als dein handtaschenge schäft dich braucht. natürlich kommt die mutter da zurück wenn sie so sehr gebeten wird. das geschäft braucht sie die familie braucht sie alle brauchen sie. sie ist trotzdem noch lange nicht so abgebraucht wie manche tv zuschauer. sie ist noch mehr frisch. mein kleiner herr chef sagt sie zu ihrem sohn. aber nichts an mi chael reagiert. auch was frau rogalski aus seiner bequemen spiel hose herausholt reagiert nicht. es ist mehr wie ein schlapper faden. frau rogalski zieht ho ruck daran und lässt es probeweise zurück schnellen. nichts. was ist mit meinem kleinen chefschwanz los fragt die mutter. nichts geh weg mutter. trotzkopf also gut ich gehe. o. k. chef sagt die mutter. richtig o. k. wie im kino. kurz aber verständlich. sogar für unser publikum das nicht englisch kann!

gerda und ingrid sagen niemals o. k. sie sagen bitte sehr herr chef. danke sehr herr chef. und wie gerufen ist der junge herr chef auch schon da er geht als ob das alles ihm gehörte. es gehört auch ihm. angestellte und hohe kaufm. angestellte beugen sich emsig über das worüber sie sich gerade beugen. meistens nichts wichtiges. an michael zuckt kein muskel wie üblich aber er notiert im geist jede kleinigkeit. dort ein zu dicker bauch hier zu lange fingernägel. kommen sie mal her sagt er zum bürochef. der herr bürochef wird sofort viel grösser als er vorher war. unsre zuseher stellen sich eine situation vor in der sie noch grösser sind als der herr bürochef. dabei erschrecken sie zu tode. sie erschrecken weil die andren plötzlich auch ganz gross sind. wo soll das enden? im endlosen?
der herr bürochef robbt wie gesagt heran umklammert michaels beine und stammelt etwas vom golfspielen. da holt der juniorchef aus und schlägt den herrn bürochef mit einem golfschlag quer durchs büro. alle brüllen vor freude: danke sehr herr chef. dann spielen die grossen mit den ganz kleinen das beliebte lehrlings pingpong. lehrlingsholzköpfe werden von angestellten einander zugeschlagen. das macht das karakteristische geräusch ping & pong. als schläger dienen unschuldige aktendeckel. an ihnen bleibt alles blut und alle haare kleben. o. k. kaufm. angestellte die öfter ins kino gehn oder fernsehn verstehen das englische wort okay. im büro sagen es nur höhere. in der freizeit sagen es wir alle.

amateur disc jockey heinz: für alle die wissen wie schwer es ist sich in der rauhen schlagerbranche ganz oben zu halten und das über jahre hinweg wird die karriere unsres udo jürgens anlass zur be wunderung sein.

danke schön. danke. vielen dank. obwohl udo kein lehrling oder niederer kaufm. angestellter ist sagt er doch danke schön und bitte schön. aber es ist nicht so dass er sich was dabei vergibt. er gibt er verausgabt sich aber er vergibt sich nichts. danke schön. aus sei nem mund klingt es wie ein kosewort. gerda hört heute in der grossen gala show (schou) die lieder und melodien aus nächster nähe. sie sagt mutti das kann ich auch! und schon schreit gerda ganz laut: danke schön bitte schön. ganz aufgeregt ist sie. sie kann auch was udo kann! aber schon nimmt ihr sitznachbar ein älterer bürokollege ihren kopf zwischen seine hände und biegt ihn hinun ter zwischen ihre geöffneten schenkel und zieht ihn untendurch und holt ihn auf der rückseite wieder heraus. ich will ja kein spiel verderber sein aber was zuviel ist bestimme ich und mit mir das übrige publikum sagt der herr kollege. jetzt muss gerda die hinteren sitzreihen von unten betrachten und kann nicht mehr bitte schön rufen. schade. gerda hat das gefühl dass ihr rückgrat gleich abreisst. nur weil sie sich in so einem schönen konzert nicht schön benom men hat. udo sagt inzwischen: singt mal alle laut mit leute! (leises singen. zu leise. mickrig.) udo lacht lauthals. die herrschaften auf den billigen plätzen können es ja schon sehr gut aber hier vorne höre ich noch nichts. die billigen plätze wachsen plötzlich in die höhe. vor stolz trifft einige ältere beamte fast der schlag. noch mal das ganze. mathilda mathilda. die mutti neben gerda singt aus voller kehle mathilda mit. sie heult wie ein hund vor stolz. über das udo lob. sie können es besser als die mit den teuren karten! aber schon sagt der sänger: bitte jetzt mal nur die vorderen reihen. und lachend: damit sie es auch lernen. hinten bitte RUHE. die gerdamutter die den text endlich kapiert hat ist unglücklich weil sie gern noch mal das mitsingen versucht hätte. leise schluchzt sie mathilda vor sich hin. (schluchz mathilda.) aber da bekommt sie von einem noch billigeren platz eins über die birne dass sie eingeht. das gilt auch für Sie wie für die andren. ruhe! nicht mal bitte schön sagt der mann. dabei sagt sogar udo bitte schön. und er ist viel mehr der udo.

so ein langer text. habt ihr auch alles verstanden meine lieben? es ist ganz einfach. das ist alles in wirklichkeit passiert es ist nicht erdichtet. obwohl sonst das meiste geschriebene erdichtet ist bis auf eure akten und kontoauszüge. die sind wahr. auch die konto auszüge vom herrn koester sind wahr.

die gerdamutti liegt am boden und eilige konzertbesucher steigen über ihren mutterkörper hinweg um wie die irrsinnigen zur garde robe zu rasen oder zur bühne um udo die hand zu schütteln und danke schön zu sagen. auch gerda möchte ein paar blumen über reichen die sie mit der belegschaft gekauft hat. lehrlinge und kleine angestellte haben zusammengelegt für den strauss. sogar rosen sind es. wenn im tv blumen überreicht werden sind es meistens rosen (die königin der blumen). gerda wird sagen sie hat den strauss allein gekauft. es sieht ja keiner von der belegschaft. aber gerda kommt noch immer nicht mit ihrem verdrehten körper auf gleich. gleich sagt udo o. k. okay und geht ab. zu spät für gerda. leise sagt gerda noch ein gedicht für udo auf das sie von der mutti für den anlass gelernt hat. auch die mutti liegt übrigens am boden halb totgetreten.

in der muttertagssendung von wünsch dir was haben sich auch (programmwidrig) die drei söhne der drei spielfamilien zusam mengestellt und ein muttertagsgedicht aufgesagt. dietmar erklärt dass das nicht eingeplant war aber dass er sich freut. einer der jun gen bleibt stecken. wie peinlich für die zuschauer! alle stellen sich vor wie sie sich schämen müssten wenn das ihr sohn wäre.

abwechslungsreich wie das leben in einer grossstadt ist die arbeit in einem modernen büro. kaum ist der chef weg schon geht die dis kussion los wer dem herrn chef am nächsten kommt. jeder will den andren ausstechen. einige spielen tennis andre nur pingpong. viele sammeln etwas. auch die autos sind unterschiedlich. überhaupt ist bei kaufm. angestellten vieles sehr unterschiedlich. eigentlich ist alles gleich bei den kaufm. angestellten ganz gleich. ausserdem ist es wurscht ob alles gleich oder ganz verschieden ist bei den kaufm. angestellten. kaum ist der herr chef da liegen sie auch schon am bauch. egal ob sie gleich oder verschieden sind.

ja wenn der vater mit dem sohne sagt frau rogalski gerührt. herr koester geht mit michael intim über die gänge. michaels schwanz steht auf einmal so wie keiner da. auf einmal. bravo! was die mut ter weder mit schimpfen noch sonstwie erreicht hat herr koester schafft es nur dadurch dass er da ist. freihändig. o. k.!

amateur disc jockey walter: die spitze ist etwas wovon viele stars und gruppen nur träumen können die aber wenige erreichen.
udo jürgens: die spitze ist das was ich erreicht habe. aber es war nicht einfach.

die mutti von gerda singt auf dem heimweg dauernd mathilda. die passanten schlagen mit allen möglichen gegenständen auf sie ein. erst als sie sagt dass udo jürgens sie wegen ihres singens öffentlich belobt hat fallen sie um und sind ganz ruhig. sie ist eine von ihnen aber udo hat sie zu einer besondren gemacht. die gerdamutter hat es ihrem können aber auch ihrem glück zu verdanken. gerda über legt ob sie die blumen mit fleurop schicken soll. aber das kostet porto.

am chefklo lässt michael alles unter der hand heraus. endlich. uff. die kaufm. angestellten lassen es drinnen. erst wenn sie nach hause kommen drängt es ans licht. aber da gibt es immer soviel zu tun mit den kindern der frau und dem hobby. da vergisst man dann. mi chael hat so viel dass es für patrizia langt und er noch eine menge von dem guten zeug wegwerfen kann.

jetzt habe ich die adresse von udo verloren weint gerda. denk nur recht oft an deinen udo sagt die mutti. da freut er sich sicher ge nauso. das will gerda auch ganz fest tun. denken kostet nichts. danke schön mutti. gerda würde sich über ein richtiges geschenk mehr freuen. aber udo hat ja schon alles ein haus ein auto alles. vielleicht ist denken wirklich das beste. die gedanken sind frei. juchhei!

eben hat unsre gerda zu denken begonnen. die zuschauer fangen damit gar nicht erst an weil sie wissen dass dafür andre da sind. und ihre arbeit ist schliesslich mindestens genauso wichtig. hoffentlich kommen gerda keine andren gedanken dazwischen das büro und so. dem kleinen fräulein!

liebe jungen und mädchen!

ihr wisst doch dass udo jürgens eisern an sich selbst arbeitet. viele stunden täglich.
ihr wisst doch dass udo jürgens an sich selbst ARBEITET? er sagt es macht ihm grosse freude so hart an sich zu arbeiten.
ARBEIT SCHÄNDET NICHT.
wir wollen alle richtig froh sein dass arbeit nicht schändet. stellt euch einen geschändeten udo jürgens vor! nicht auszudenken wenn udo jürgens plötzlich als ein geschändeter auftreten müsste.

erzählung

tag onkel bill! tag kinder! ähem guten tag mr. davis. tag french. gehen sie doch bitte mit den kindern gleich hinein ich bin hier noch mit cissy beschäftigt. ähem hat miss cissy schon gegessen wenn ich fragen darf? miss cissy ist (aaah gut cissylein jetzt etwas höher so so ists gut) noch nicht soweit. weitermachen cissylein. onkel bill. ja cissy keuch und jetzt ganz leicht beissen au nicht zu fest das musst du noch lernen ganz zart das musst du ins gefühl bekommen. aah. und jetzt ganz zart oben auf diese glatte kuppe klopfen au nicht zu stark cissy ganz zart und ganz rhythmisch. brave cissy. und buffy hat auch schon ihre milch getrunken. darf ich helfen onkel bill? gut buffy hilf cissy. meine kleine buffy! siehst du hier ganz unten die beiden säcke buffy? ja onkel bill. gut buffy. nun hebe sie auf und drücke sie ganz zart und dann aaah so ists schön buffylein. sind die aber schwer onkel bill. soll ich jody holen? der ist noch viel stärker als ich. aber nein buffy du musst es doch lernen. du bist doch mein geschicktes kleines mädchen. oder? und jetzt streicheln. onkel bill ich kann das ja kaum heben. mach nur weiter buffy! du machst es sehr gut. ausgezeichnet buffy. ich kenne jemanden der heute eine extraportion schokoladeeis bekommt. au fein onkel bill! aber nicht nachlassen buffy weiterstreicheln. onkel bill? keuch keuch ja cissy? du kennst doch gladys meine neue freundin? ja? keuch. sie hat erzählt dass bei lollypop eine boutiqueverkäuferin für halbtags gesucht wird. sie nehmen auch studenten. da könnte ich mir taschengeld verdienen und ausserdem bekäme ich auf all die schikken kleider auch noch prozente. stell dir vor onkel bill was ich mir da alles anschaffen könnte. ein süsses cocktailkleid habe ich schon gesehen. ach verflucht du kleine hexe meine cissy keuch keuch du darfst jetzt nicht aufhören das tut onkel bill doch weh. keuch keuch. nimm die finger und mache weiter wie gewöhnlich wie ich es dir beigebracht habe. keuch keuch brave cissy jaaa so! keuch und wo ist diese boutique? im village onkel bill. das kommt nicht in frage cissy. keuch keuch. so spätabends im village! und wenn du dir ein taxi nimmst geht dein ganzer verdienst dabei drauf. keuch gut gut cissy. nur weiter und jetzt reiben. keuch keuch keuch. gut so. aber onkel bill. schluchz. die andren dürfen doch auch. du nicht cissy. du bist viel zu jung. ich kann ja dein taschengeld erhö hen und ein hübsches kleid kaufen wir morgen zusammen ein ein verstanden? aaaah meine cissy macht das fein. da freut sich der onkelbillschwanz und hüpft. siehst du wie er hüpft cissylein? keuch keuch. ja wo ist denn der grosse schwanz vom onkel bill? hier onkel bill! er freut sich wie du ihm guttust cissylein. keuch. aah. und jetzt noch schneller. steigern cissy. wie du es gelernt hast. sehr schön. brav. keuch. schwitz. meine cissy meine. onkel BILL! nicht stören jetzt jody. aber onkel bill es ist wichtig: hänsel und gretel sind wieder weg meine hamster. keuch. stöhn. keuch. hast du nicht aufgepasst jody? doch onkel bill. wein. schluchz. aber sie sind ganz weg. ähem mr. davis darf ich mir eine bemerkung erlau ben. ächz gut cissy dort ist die stelle! ja french? hamster nennt man auch goldene bären weil sie so lange winterschlaf halten wie die bären. wir werden die tierchen schon wiederfinden mr. davis. schneller cissy schneller und immer weiterreiben buffy. halt sie fest und reibe sie gegeneinander buffy spiel ein bisschen damit mit den bällen. danke oh danke buffy. bist du brav! das wird eine rie senportion eis heute. ächz stöhn au aaah. ach hier sind sie ja! hänsel gretel ihr bösen hamster. warum seid ihr fortgelaufen? sieh nur im golfsack onkel bill wie lieb! sie wollten sich hier ganz allein ihr nest bauen. wir haben ihnen gutes futter gegeben einen schönen käfig und haben sie liebgehabt. warum nur warum? warum sind sie weg gelaufen? weisst du oooh cissy aua! jody im leben eines jeden men schen ächz stöhn. ähem mr. davis will damit sagen jody dass sie selbständig sein wollten. selbständig? ja jody. selbständig. nicht auf andre angewiesen. aaah stöhn. ruhe jetzt jetzt gehts gleich los. immer weiter so cissy buffy immer weiter schneller! gut gut aaah gut sehr gut weiter schneller ja nein schön so gut ächz stöhn schneller aaaaaaaaaaaaaaaaaaaaaaaaaahhh!! wisch dich ab meine brave cissy. keuch. das war heute schon viel besser. onkel bill sieh nur wie niedlich. sie wollten sich ganz allein ihr nest bauen. wir haben ihnen gutes futter gegeben einen schönen käfig und viel liebe aber sie wollten selbständig sein sagt mr. french. sie wollten allein ihr nest bauen. keuch. keuch. pause. keuch. seht ihr kinder euer onkel bill zieht eben eine lehre aus dem geschehenen. keuch. wie heisst diese boutique cissy? lollypop onkel bill. keuch. wenn diese stelle noch frei ist cissy darfst du sie annehmen. nicht nur eure hamster (keuch) wollten selbständig sein auch ihr menschen werdet einmal erwachsene menschen d. h. selbständig. keuch. keuch. ein gekauftes kleid wiegt ein selbstverdientes nicht auf. keuch. du gehst jetzt ins leben hinaus cissy ächz keuch. oh danke vielen dank onkel bill. schmatz kuss. und du hast cissy trotzdem lieb onkel bill? gerade weil ich sie liebhabe ächz. dann wollen wir unsren hamstern die freiheit schenken. ja kinder. keuch. das leben öffnet die türe und cissy und die hamster betreten es.

tja liebe kinder

im fernsehn zuschauen genügt nicht. selber machen ist viel schö ner. natürlich könnt ihr nicht alles nachmachen was ihr seht. na türlich könnt ihr keinen lieben onkel bill haben weil der in amerika in new york lebt. und eure onkel hier sind auch viel niedriger als onkel bill. auch wenn onkel bill der architekt hier leben würde wäre er noch viel höher als euer onkel karl zu hause. aber einen niedrigen onkel bill im fernsehn würdet ihr auch gar nicht haben wollen. nicht? obwohl er eurem onkel karl zu hause sehr ähnlich wäre.
deshalb genügt zuschauen im fernsehn. selber machen müsst ihr eure arbeit sonst nichts. trotzdem habt ihr es aber besser als die armen kinder die überhaupt keinen fernseher besitzen aber natür lich viel schlechter als jene kinder die sogar einen farbfernseher besitzen. wenn ihr einen farbfernseher vielleicht selber besitzt dann seid ihr schon hoch genug. dann gilt das nicht für euch was ich da geschrieben habe. viel spass noch!

nacherzählung

so ein riesiger fettfleck! in der neuen blauen hose. heute früh war er noch nicht drinnen. sicher kommt er von der buttersemmel die ich zum gabelfrühstück gegessen habe denkt ingrid. in der neuen frei zeithose ein grosser fettfleck! die hose hat ingrid erst vorige woche in einem modegeschäft gekauft das fast eine boutique ist. die ver käuferin hat gemeint ingrid sieht mit der hose fast so aus wie eine die in der hose gut aussieht. ein mannequin oder eine schauspiele rin oder jemand mit viel geld. trotz der neuen hose sieht ingrid noch immer nach nichts aus. so ein riesiger fettfleck! in der neuen ausgestellten modehose.

ich hätte gerne den posten einer sekretärin weil ich gerne maschine schreibe. ich hätte gerne den posten eines fotomodells weil ich gerne schöne kleider anziehe und gerne viel geld verdiene. ich wäre gerne kaufm. angestellter weil mich die buchhaltung das rechnen und der umgang mit akten interessieren. ich wäre gerne schauspie lerin weil es mich reizt berühmt zu werden und von den leuten applaus zu bekommen. ich wäre gerne in einer baukanzlei beschäf tigt. weil ich hier zum mitarbeiter des technikers werden könnte. mein herr papa hat bis jetzt für mich kinderhilfe bezogen. bitte wenn sie hier unterschreiben wollen.

die mutti hat ingrid eingeschärft ingrid du darfst heute nicht verges sen der herr chef hat geburtstag. die kaufm. angestellten haben alle zusammengelegt und eine teure langspielplatte gekauft. der herr chef hat sehr viele klassische platten aber diese hat er angeblich noch nicht. wir sind alle sehr aufgeregt. ingrid trägt in einer alten oster eierschachtel nett verpackt einige kekse deren rezept nur die mutti kennt. die mutti hat die ganze nacht gebacken gerührt gewogen und gemischt. ingrid trägt das päckchen wie ein rohes ei.

vielfach wird die kanzleibedienstete zur helferin des arztes. ein interessantes gebiet auf dem viele mädchen gerne arbeiten würden und möchten. wir schreiben die beiden H s gross: höflichkeit und hilfsbereitschaft. besteht überhaupt ein anreiz der büroberufe auf junge mädchen? ja die aufstiegsmöglichkeiten sind gut. der kanzlei leiterberuf kann erreicht werden. leistung wird gross geschrieben. wir haben berufswettkämpfe mit wertvollen preisen. wir haben helle freundlich räume. jugendbetreuung wird bei uns ganz gross geschrieben so gross wie die beiden H s. höflichkeit und hilfsbereit schaft. ein bravo unsren lehrlingen die was können! zurück zu ingrid. die feier nähert sich ihrem höhepunkt. herr koester sitzt inmitten seiner familie und eines meeres von blumen. alles duftet. die angestellten in ihren schönen anzügen applaudieren wie die tobsüchtigen sie schreien wie auf dem fussballplatz auf dem sie sonst immer schreien dürfen. im büro zu schreien ist ganz unheim lich. die angestellten erschrecken alle gleichzeitig weil sie im büro geschrien haben wo sie leise sein müssen. aber da sagt herr koester danke für ihre langjährige anhänglichkeit aber jetzt muss ich noch in die rösterei auch dort haben die arbeiter eine kleine feier vorberei tet. die kaufm. angestellten wissen dass ihre feier viel feierlicher war als die feier der arbeiter. sie haben herrn koester eine lp geschenkt. die arbeiter werden herrn koester vielleicht auch etwas schenken aber sicher keine kultur. da sagt herr koester danke schön und sofort müssen sie wieder brüllen wie unter einem inneren zwang. sie kön nen gar nicht mehr aufhören. bravo koester hoch! wie am spiess.

wovor haben sie angst? die frage geht an kaufm. angestellte. ich hätte angst vor einer existenziellen bedrohung. ich habe angst wenn das gewitter gar zu arg wird oder vor einer roten regierung. ich habe angst dass wir nicht rechtzeitig erkennen dass die zukunft unsrer jugend gehört. sie würde es verdienen unsre gute jugend dass sie nicht in haschisch versinkt. ich hätte angst vor einem ein brecher. ich habe angst vorm älterwerden. ich habe als christ keine angst. ich habe angst dass ich meinen arbeitsplatz verliere. ich habe angst gott zu missfallen. ich habe vor meinem chef angst.

auf wiedersehen nächstes jahr wenn ich dann noch lebe setzt herr koester spasshaft noch hinzu. die angestellten trampeln wie die büffel sie werfen sich auf den boden und kreischen johlen stram peln lachen und sind wie ausgewechselt. sie umarmen einander küssen sich selbst wenn kein andrer da ist und schreien unheimlich laut: natürlich herr chef! nächstes jahr wieder! tumult. nächstes jahr kaufen wir ein noch schöneres geschenk. das ist der zeitpunkt für ingrid. sie will nach vorne stürzen tränenüberströmt und dem herrn chef ihr ganz eigenes süsses geschenk übergeben. aber da be merkt der herr bürochef den fettfleck den bösen auf ingrids hose. er hechtet nach vorn wie ein hechtspringer und erwischt ingrid im letzten moment todesmutig bei den hinterbeinen. er wirft sich auf ingrid und bringt sie zu fall. ingrid fliegt auf die keksschachtel und drückt sie platt und unansehnlich. au auweh! mit den angestellten fäusten massiert der herr büroleiter ingrids rückgrat dass die einge weide nur so aufplatzen. wie ein trommelfeuer prasselt es auf den ingridrücken hernieder. das lockert und entspannt. aber viel mehr als der körperliche schmerz tut der verlust der schönen geschenk kekse weh. ingrid weint mehr wegen des verlustes als wegen der schmerzen. jetzt hat sie herrn koester keine freude mehr machen können. wenn herr koester geahnt hätte dass er so etwas gutes zum geburtstag bekommt wäre er sicher noch geblieben. jetzt ist herr koester bereits weg und der alltag hält wieder seinen einzug. sicher sagt herr koester jetzt draussen: die platte ist ja gut & schön aber über etwas essbares hätte ich mich noch mehr gefreut. über richtig feine hausgemachte geburtstagskekse. ingrid schnellt sich wie ihr freund flipper zur tür. vielleicht holt sie herrn koester und herrn michael noch ein! ein paar von den bäckereien sind noch ganz ge blieben. gott sei dank. aber der bürochef wirft sich noch mal nach vorne schleudert die begeisterte ingrid zu boden und stellt ihr einen spitzen sesselfuss auf die schläfe und setzt sich drauf dass ein loch im ingridkopf entsteht. der schmerz bringt ingrid zur besin nung. sie sagt ich will dem herrn chef doch lieber keine kekse brin gen. der schmerz ist zwar stark bringt ingrid aber zur besinnung. was hat sie da nur tun wollen! sie presst die beine zusammen weil sie sich schämt. aber es rinnt ihr trotzdem dazwischen durch. viel leicht war es auch nur der schock.

hätte ingrids lieblingsstar porter ricks aus flipper ihr in dieser si tuation geholfen? hätte porter dem herrn bürochef einen kinnha ken versetzt? ingrid glaubt ja. heute darf sie wieder eine fortset zung sehen. vielleicht sind noch ein paar kekse über. die darf ingrid vielleicht essen.

na hat sich der herr chef gefreut fragt die mutti zu hause. ingrid sagt gleich die wahrheit wie sie ist. sie weint dabei. aber da be kommt sie auch von der guten mutter die sonst alles versteht einen tüchtigen kopfstoss mit der geballten faust. weil du nie deine ell bogen verwendest mädel sagt die mutti. ingrid freut sich trotzdem aufs fernsehen. aber die mutti lässt ingrid den ganzen abend zur strafe mit dem rücken zum fernsehapparat knien so dass ingrid nichts sehen kann. schade. dies ist eine beliebte strafe im ingrid haushalt. ingrid kniet den ganzen abend mit dem rücken zum fern seher und stellt sich vor was porter jetzt macht. porter macht eine ganze menge. er besteht gefährliche abenteuer mit flipper während ingrid mit dem rücken zum fernsehapparat knien muss. porter hat deshalb um nichts weniger spass. schade dass so viele leute auf ingrid böse sind. ingrid kniet ganz fest mit dem rücken zum fern seher damit sie wenigstens einen kleinen teil gutmachen kann. in grid kniet so fest dass sie fast beim fussboden durchbricht. ingrid kniet gern weil dann vielleicht alles wieder gut ist. wie im tv.

na IHR!

wenn ihr je in einem schönen heim für lehrlinge schlimme kinder oder so gewesen seid dann wisst ihr natürlich dass dort jeden tag einer mit dem rücken zum fernseher knien muss. das ist dort eine beliebte strafe. keinem fällt das mehr so richtig auf. wenn ingrid dasselbe tun muss dann fällt es euch auf. erstens weil ingrid nicht in so einem heim lebt sondern bei ihrer mutti zu hause und zweitens weil ingrid in einem BUCH mit dem rücken zum tv apparat knien muss. wenn etwas aufgeschrieben ist dann wirkt es gleich viel är ger. wenn jemand dasselbe leise tut dann wirkt es weniger arg. natürlich wird die sache durch das aufschreiben nicht ärger. es tut ingrid ganz gleich weh (weh) egal ob es jetzt aufgeschrieben wird oder nicht. das knien mit dem rücken zum fernseher tut immer weh.

erzählung

waschen schneiden und legen. inge meise betritt den frisiersalon. sie ist eine very important person (v. i. p.) wie man es in der fach sprache nennt. sofort legt sich eine friseuse platt auf den fussboden damit inge meise auch bequem ihre füsse ins weiche stellen kann. aber frau meise winkt ab. behandeln sie mich wie jeden andren kunden. da strahlen alle. wie strahlende gegenstände. inge meise strahlt wie eine person.
hauptverkehrszeit. gisi die tänzerin die zur probe muss kann plötzlich nicht weiter. der vw will nicht. hupkonzert. ein junger mann auf dem fahrrad schlängelt sich zu ihr durch. was ist los? die kerzen. abgesoffen. und ich muss dringend zur probe. erst müssen wir mal den wagen wegschieben. das tun sie auch. und jetzt? jetzt nehme ich mir ein taxi. ich muss ganz dringend weg. hier können sie aber nicht stehen bleiben. ich muss aber zur probe. ich mache ihnen einen vorschlag: können sie radfahren? ja. dann nehmen sie mein rad. ich repariere ihnen den wagen. wohin soll ich ihn brin gen? zur akademie. danke. vielen dank. der schlüssel steckt. das anfängliche zögern gisis ist gleich überwunden. der junge mann ist so nett und zuvorkommend und hilfsbereit. sicher ein student oder ein arbeiter. gisi radelt davon. schnitt. nächste szene: gisi auf der probe mit ebenso hübschen wie gelenkigen kolleginnen. da

zwischen haben noch ein russischer impresario und ein französi scher bühnenbildner und ein amerikanischer gaststar lustig gere det. aber das ist hier nicht so wichtig. gisi wie kannst du nur so was tun? tüpisch unsre leichtgläubige gisi. hast du wenigstens seine adresse? nein. die adresse von seinem arbeitsplatz hat er dir eine legitimation gezeigt? nein. es ging alles so schnell. wie heisst er denn? tom heisst er. haha soso tom also. na gratuliere. den vw bist du los für immer. und ich will dir was sagen gisi: geschieht dir recht! gisi lächelt nur aber ihr ist schon ein wenig bang. schnitt. tom radelt in eine tiefgarage. tag chef! so ruft ihm ein mechaniker zu der gerade einen glänzenden porsche fertig macht. tag peter. was neues? sofort wissen die tv zuschauer dass der porsche dem tom gehören muss und dass tom in wirklichkeit viel viel höher ist als alle gedacht haben. und richtig tom ist viel höher. er ist archi tekt. chef einer baufirma so jung er auch noch ist. oben warten die chefsekretärin und eine konferenz und eine besprechung und mehrere ferngespräche etc. alle nennen den jungen chef tom. noch ein junger chef. und noch ein beliebter architekt. architekten müs sen unheimlich beliebt sein im tv. viele kinder sagen nach dem fernsehn: ich möchte architekt werden. aber nur wenige kinder können es wirklich werden.
die zuschauer pressen die knie in vorfreude zusammen und win den sich wie würmer. da wird gisi aber staunen! schnitt. der junge mann eilt lustig die treppen zur akademie hinauf. er gerät lustig an den russischen impresario. es gibt lustige verwechslungen weil er immer hupfdohlen sucht. es ist lustig wie alle dadurch beleidigt sind. ja wir leute vom showgeschäft sind empfindlich was unsre ehre betrifft. die zuschauer sind gänzlich unempfindlich was die ehre betrifft. aber auch sie wollen jemand sein. so stellen sie sich vor dass sie junge architekten oder tänzerinnen oder berühmte leute sind. dann gibts ehre genug. endlich die richtige tür. musik. kommandos. tanzende mädchen im trikot. pause. gisi eilt sofort strahlend auf den jungen architekten zu. oh danke. das war so wahnsinnig nett von ihnen. vielen dank. hier ist ihr schlüssel. aber (zögern) wissen sie fräulein mir ist da einiges an arbeitszeit... gisi versteht. ein hauch von enttäuschung. rasch die geldbörse! aber nein lachend hält der junge mann sie fest. wollen sie als entschädi gung mit mir essen gehen? gisi lacht wieder. gern. sehr gern. holen sie mich ab? aber nicht vor drei. gut. um drei also. o. k. ab mit ihm.

die kolleginnen fragen was ist er denn? ein student? weiss nicht. jedenfalls ist er nett. sicher hat er einen bärenhunger! tante anna (die garderobiere) kannst du mir nicht 20 mark pumpen bis morgen? ich hab nur mein scheckheft bei mir. na kindchen. natürlich. in meinem alter hab ich keine bank nicht gekannt. nur die grüne im stadtgarten wo mich mein albert immer getroffen hat. die zuschauer lächeln verträumt. dadurch sehen sie noch idiotischer aus. auch sie haben oft nur die wäschebank zu hause. aber der fernseher ist da im wohn zimmer. dort steht er meistens. wohin soll ich den jungen bloss führen fragt sich gisi. der wird doch einen bärenhunger haben. einladen muss ich ihn natürlich. schnitt. unten steht tom neben seinem porsche. die zuschauer machen sich an vor lauter erwar tung. jetzt kommt der moment auf den sie gewartet haben! sie sind die wissenden und können gisis überraschung gut auskosten. sich richtig reinlegen. tag hier bin ich. gisi steht vor tom. was machen wir mit ihrem fahrrad? das fahrrad ist hier. tom öffnet den kofferraum des porsche. heute morgen auf der baustelle konnte ich mit dem wagen im schlamm nicht weiter. aber jetzt... woher haben sie den wagen? gisi ist streng. sie glaubt nicht was sie sieht. die zuschauer wiehern wie die pferde. die überraschung ist geglückt! gisi ist sprachlos. sie sind nicht sprachlos. sie sind ja informiert. ja fräulein das war so witzelt tom der architekt: da säuft einer jungen dame mitten im verkehr plötzlich der porsche ab und ich... ach sie! sie sind ein grässlicher kerl! jetzt hat gisi verstanden dass der porsche echt ist und der junge mann auch. wie heissen sie eigentlich? gestat ten tom. peter tom. aber sagen sie tom zu mir. ach sie! gisi lacht fröhlich wie ein junges mädchen. obwohl sie mehr ist als ein junges mädchen. die junge tänzerin. und schon fahren sie davon. in ein gemütliches lokal an der elbe. in blankenese. wo man im garten essen kann. der porsche darf überallhin mit. fein! die weiblichen zuschauerinnen seufzen weil ihnen so was nie passiert. freilich ha ben sehr viele von ihnen kein auto. das wird auch der grund sein. manchmal haben die weiblichen zuschauerinnen das gefühl dass niemand sie retten würde nicht mal wenn sie am ertrinken sind oder bei einem verkehrsunfall. tänzerin müsste man sein! dann hätte man auch ein recht (ein recht) auf einen architekten und nicht nur auf einen kaufm. angestellten. dann sagen sie immer im chor: man muss zufrieden sein mit dem was man hat. hauptsache: die kinder sind gesund. zweite hauptsache: man selbst ist gesund. dritte hauptsa

che: der mann ist gesund und bringt geld nach hause.
inge meise verlässt den frisiersalon. sie ist das was man sich unter einer mutter vorstellt. obwohl unsre mütter immer ganz anders aussehen. merkwürdig. das lehrmädchen springt inge meise an den hals küsst sie und sagt: mutter! inge meise gibt ihr einen leichten kopfschlag und schüttelt sie herunter wie eine ameise. dann fährt inge meise ab. mütter müssen auch manchmal strafen. so leid es ihnen tut. jetzt ist das lehrmädchen überzeugt dass frau meise eine echte mutter ist. WIR FRAUEN vor dem tv schirm sind eine stumme verschworene gemeinschaft. die frauen am tv schirm ha ben zwar keinerlei ähnlichkeit mit uns aber trotzdem sind wir alle: frauen. wir müssen doch zusammenhalten. wir tänzerinnen schauspielerinnen sängerinnen showstars und starlets und foto modelle.
oft sagen die kaufm. angestellten: jaja IHR FRAUEN! als ob sie was von tänzerinnen schauspielerinnen sängerinnen showstars starlets und fotomodellen verstünden! die kaufm. angestellten die nur reden können. wir frauen wissen schon was mit euch männern los ist. auf dem bildschirm seid ihr immer gross aber zu hause seid ihr ganz klein. so klein. gut dass der bildschirm wenigstens zu hause steht. (gut dass der bildschirm wenigstens im wohnzimmer steht.)

wirklichkeit

heute machten wir einen betriebsausflug. wir fuhren zuerst mit autobussen dann mit dem dampfer. es war sehr lustig. sogar der herr chef war mit. wir waren sehr froh dass wir einen betriebsaus flug machen durften. wir waren sehr froh dass wir zuerst mit bus sen und dann mit dem dampfer fahren durften. wir waren sehr froh dass es sehr lustig war. wir waren sehr froh dass sogar der herr chef mitfuhr.

unser lehrlingsheim ist ganz modern. wir schlafen in schönen zwei bis vierbettzimmern. die zimmer sind ganz modern eingerichtet. jeder lehrling hat ein eigenes nachtkästchen eine leselampe und einen kastenteil für sich allein. an die wände dürfen wir uns bilder nach unsrem eigenen geschmack hängen. meistens hängen wir uns fotos von schauspielern schlagersängern oder tieren auf. ich habe ein grosses katzenbild. eine mutterkatze mit vielen kleinen kätz chen. unser heim hat auch eine bücherei einen duschraum und einen grossen freizeitraum in dem man fernsehen kann und manchmal werden dort auch theateraufführungen konzerte oder klubabende veranstaltet. zu den klubabenden kommen die lehr linge aus dem domes heim gegenüber. beim konzert sitzen die mädchen links die burschen rechts. dazwischen sitzen die erzieher. wir dürfen keine cola oder fantaflaschen aufs zimmer nehmen. wir dürfen keine romanhefte lesen nur gute bücher. um 10 uhr abends muss das licht abgedreht sein. wir dürfen ab 10 uhr abends nicht mehr miteinander reden. wir tun es aber doch. wir flüstern. wir haben natürlich ausgang aber zum abendessen müssen wir wieder im heim sein. wir dürfen ausnahmsweise länger ausbleiben aber dann muss die jeweilige erzieherin eine bestätigung von einem er wachsenen dafür bekommen. gestern hat das konservatorium mit schülern einen kammermusikabend gegeben mit klassischer mu sik. es war sehr schön. wir haben beatmusik lieber aber die dürfen wir nur an den tanzabenden hören oder leise aus dem kofferradio im zimmer. die domes lehrlinge haben eine eigene beatband. sie proben jeden abend. wir dürfen jeden abend basteln oder schnei dern oder briefe an unsre eltern und verwandten schreiben. zu den konzerten laden uns die domes lehrlinge ein. dann gehen wir mit den erzieherinnen hinüber. das essen ist sehr gut und viel. früh stück mittag und abendessen. manche von uns essen im betrieb. ich habe nicht das gefühl dass wir autoritär behandelt werden. wie sollte ohne die frau heimleiterin und ohne die erzieherinnen der betrieb auch klappen? solange keine von uns etwas tut das gegen die heimvorschrift ist solange kommt man mit der frau heimleite rin und den erzieherinnen gut aus. sie sind hilfsbereit nett und geben einem immer gute ratschläge. mit burschen dürfen wir nicht gehen. wenn eine von uns dabei erwischt wird wie sie mit einem burschen geht kann es ihr passieren dass sie aus dem heim ausge schlossen wird. natürlich treffen sich immer welche von uns heim-lich mit burschen aber man muss sehr aufpassen. leider dürfen wir nicht tanzen gehen weil wir ja um 10 uhr schon im heim sein müs sen. es wäre auch besser wenn bei konzerten oder filmvorführun gen oder so die burschen zwischen den mädchen sitzen dürften nicht so abgetrennt von uns. auf den gängen müssen wir auch leise sein und dürfen nicht schreien oder schleifen weil das den fussboden ruiniert. wir haben ganz neuen parkettboden überall. für die die zu weihnachten nicht nach hause fahren macht die frau heimleiterin eine weihnachtsfeier im heim. manchmal machen wir auch gemeinsam einen ausflug oder besichtigen etwas. die frau heimleiterin fragt uns oft ob wir in der berufsschule gut mitkommen. die erzieherinnen kontrollieren die mädchen dass sie die arbeiten für die berufsschule auch sorgfältig machen. schlechte zeugnisse gibt es bei uns nicht weil wir immer kontrolliert werden. manchmal sehen wir auch einen interessanten lichtbildervortrag über fremde länder. ins kino dürfen wir wenn wir einen erlaubnisschein von der frau heimleiterin unterschreiben lassen. nur in die nachmittagsvorstellung und nur wenn wir sagen welchen film wir uns ansehen. wir dürfen nur in jugendfreie filme gehen. wir dürfen auch keinen schmutz und schund lesen. ich finde die erzieherinnen haben ganz recht wenn sie uns das verbieten denn ein junger mensch bildet sich ja nicht selbst von heute auf morgen ein urteil sondern er braucht erfahrenere die ihm sagen was gut ist und was nicht. wir merken schon dass die frau heimleiterin und die erzieherinnen es gut mit uns meinen manche sind eben strenger und manche netter. aber es ist eigentlich keine richtig ekelhaft zu uns. eben nur strenger. wir werden auch über staatsbürgerkunde informiert. wir besuchten einmal sogar das parlament und hörten uns eine debatte an. das hat uns nicht gefallen weil sich die abgeordneten dauernd so beschimpft haben. ich finde man sollte ein gutes beispiel sein für die übrigen staatsbürger und mehr ruhig und sachlich diskutieren. wir sind auch froh dass wir mit unsren schwierigkeiten zu den erzieherinnen kommen können. manche sind richtig jung und modern. wir dürfen keine zu kurzen miniröcke tragen und keine hot pants aber das dürfen wir ja im betrieb auch nicht. und das heim soll uns ja auf unser zukünftiges leben im beruf vorbereiten. nicht? eigentlich haben wir genug freiheit finde ich. das leben besteht eben nicht nur aus freiheit.

erzählung

geld macht nicht glücklich.
deshalb ist zum beispiel gerda nicht glücklich. auch ingrid ist unglücklich. es ist schwierig geschichten zu erfinden die zeigen wie

unglücklich gerda und ingrid in wirklichkeit sind.
obwohl gerda und ingrid kein geld haben sind sie unglücklich.

darf ich sie zu einem drink einladen fragt herr koester jemanden der zu ihm passt. jemand der zu herrn koester passt lässt sich von ihm zu einem drink einladen.
gerda sitzt in der arbeitspause im freizeitraum und trinkt durch einen strohhalm coca cola. es schmeckt ihr. auch das wurstbrot dazu schmeckt gerda. sie stellt sich vor dass michael sie zu einem drink einlädt. er würde sagen: darf ich sie zu einem drink einladen. gerda schlürft laut aber gleich erschrickt sie weil man das nicht tut. lautlos trinkt gerda nun ihre cola.

begründungen: ein mensch! packt mich gram und bittrer schmerz drück ich mir den peter (alexander) ans herz. er hat niveau charme umfassendes wissen viel humor und bei aller objektivität einen lie benswürdigen schuss patriotismus. kein hanswurst. zivilcourage und zeitgemässer showstil. glossiert gut zeitauswüchse. courage und geist! bravo. ihr gesicht ist wie ein sonnenstrahl auf der bild fläche. schön gescheit hat gute manieren: wenn sich die rose schmückt so schmückt sie auch den garten (das tv). weil er zur toleranz erzieht. seine art heisse eisen anzugreifen imponiert mir.

gerda ist oft erstaunt dass manche leute wie ihr herr chef so viele worte wissen die sie nicht einmal dem namen nach kennt. eben gehen 2 abteilungschefs vorbei und sprechen mit vielen worten von denen gerda noch nie etwas gehört hat. sie vergisst darüber dass die pause vorbei ist. was macht unsre gerda hier? fragt der herr bürochef. ich bin auf eine cola eingeladen worden. dass der herr chef selbst gerda auf eine cola eingeladen hat kann sie gar nicht mehr erklären weil der herr bürochef gerda den strohhalm zwi schen den vorderzähnen durchsticht dass er abbricht und gerda das blut aus dem durchlöcherten gaumen in die flasche zurück tropft. jetzt schmeckt es gar nicht mehr gut. der halm ist so verbo gen dass auch keine cola mehr durchkann. schade. gerade jetzt hat es so gut geschmeckt. trost: am abend beim tv darf gerda mit ihrer mutti soviel cola trinken wie sie will. davon gibt sie keinem was ab.

kaufm. lehrlinge tragen oft anzüge mit bunten krawatten. andre lehrlinge tragen auch oft anzüge mit bunten krawatten. in der frei zeit trägt der herr chef entweder sporthosen und einen beque men pullover oder einen anzug mit einer bunten krawatte. lehr linge müssen oft sehr lange sparen bis sie sich anzüge mit bunten krawatten kaufen können. der chef hat immer anzüge mit bunten krawatten. als ob das so selbstverständlich wäre. hans hast du auch einen anzug mit einer bunten krawatte? ja ich habe einen neuen anzug mit einer neuen bunten krawatte. ich ziehe ihn in den klub an zum tanzen. den mädchen imponieren anzüge mit bunten kra wattan. der rock hat hinten einen hohen schlitz. wo bleibt hier die story?
hier ist die story: der herr chef und der kaufm. lehrling begeg nen einander auf dem gang der firma. der lehrling grüsst den herrn chef. der lehrling trägt einen älteren anzug. er trägt den anzug den er zu seiner konfirmation bekommen hat nun im büro aus. für seine freizeit besitzt er einen neuen moderneren anzug mit einer bunten krawatte aus dem kaufhaus. der herr chef trägt einen ähnlichen anzug wie den den der lehrling für seine freizeit besitzt im betrieb. der herr chef nickt dem grüs senden lehrling zu. der lehrling erzählt dem herrn chef dass er auch so einen ähnlichen anzug besitzt. der chef lächelt gutmü tig. er sagt das ist aber schön dass sie ihren verdienst sparen. ein anzug ist immer etwas womit man lange zeit freude hat. der lehrling fällt gleich um und zuckt wie ein epileptiker weil der chef mit ihm geredet hat. sein konfirmationsanzug wird ganz dreckig. der chef geht grüssend weiter. zu hause schimpft die mutter weil der anzug schmutzig ist. zu hause schimpft der vater weil der anzug vom bodenöl ganz schmutzig ist. das ende: der lehrling trägt jetzt den neuen anzug mit bunter kra watte ins büro und spart auf einen neueren freizeitanzug. dabei hat er auf ein moped sparen wollen. wie schön wäre es wenn er mit seinem neuen anzug auf seinem neuen moped fahren könnte. so unbescheiden ist er manchmal.

begründungen: charmant intelligent humorvoll reizend. mein fernsehliebling ich bin verheiratet – aber meiner frau gefällt sie auch. er schaut immer so komisch aus. ein schauspieler den man einfach gern haben muss. er hat herz und seele. er vertritt die ge mütlichkeit. ich mag überhaupt ältere leute. tiefe menschlichkeit und sauberkeit. seine witze sitzen ohne zu ätzen. geistreicher und schlagfertiger komiker. klug charmant und niemals bösartig.

ja liebe kinder

jetzt habe ich fast den anschein erweckt als ob eure freizeit nur aus coca cola tanzen mopeds jugendklubs neuen anzügen mit bunten krawatten beatmusik schlagern undsoweiter bestünde.
dabei besteht eure freizeit doch hauptsächlich aus überstunden. manchmal müsst ihr auch noch etwas für euren herrn chef besor gen oder euch in kursen weiterbilden.
wenn ihr dies alles erledigt habt dann besteht eure freizeit aus coca cola tanzen mopeds jugendklubs neuen anzügen mit bunten kra watten beatmusik schlagern und vielem andren mehr.
das heisst dass eure freizeit aus wenig coca cola wenig tanzen we nig mopeds wenig jugendklubs wenig neuen anzügen mit wenig bunten krawatten wenig beatmusik wenig schlagern undsoweiter besteht.
ein lehrling hat einmal auf die frage ob es ihm in seinem beatklub gefalle geantwortet: es gefällt mir so gut dass ich am liebsten immer hier wäre. tag und nacht. ununterbrochen.
wie ich euch kenne könnt ihr so was überhaupt nicht verstehen. das vergnügen ist ja ganz schön. aber die arbeit ist es doch die zählt.
das soll ich euch jedenfalls von eurem herrn chef ausrichten.

nacherzählung

heute führt frau ida rogalski den entschluss von seite 83 aus. mit ihrem kombiwagen der den aufdruck ihres taschengeschäftes trägt fährt frau rogalski selbst in die kleine siedlung am stadtrand wo neumann wohnt. sie fragt wo wohnt herr neumann? eine hausfrau antwortet dritter weg zweites haus rechts. ein haus sieht aus wie das andre. es sind reihen einfamilienhäuser. fast nur frauen mit kleinen kindern sind zu sehen. alles ist still und friedlich. frau ro galski atmet tief die luft von einem nahen wäldchen ein. hier spürt man die stadt fast nicht. dieser neumann hat es eigentlich gut hier denkt sie. wir müssen den ganzen tag benzindämpfe inhalieren und neumann hat ein häuschen im grünen. da ist es schon. toten stille. irgendwas stimmt nicht. die zuseher wissen dass irgendwas nicht stimmen kann aber frau rogalski ahnt noch nicht dass wirk lich was nicht stimmt.

die zuseher sind unglaublich froh dass sie wenigstens einmal mehr zu wissen scheinen als frau rogalski. ein zuseher sagt zum andren: pass auf da ist was passiert. wie frau rogalski zweimal auf die klin gel drückt und sich drinnen nichts rührt sagen vier fünf weitere zuschauer oder zwei drei millionen weitere zuschauer zu ihren frauen freunden oder kindern: pass auf da ist was passiert!
aber frau rogalski scheint noch immer keinen argwohn geschöpft zu haben. wir alle johlen im chor: da ist was passiert frau rogalski! aber die hört noch immer nichts. frau rogalski öffnet die unver sperrte gartentür und geht zur haustür. die ist zugesperrt. nichts rührt sich. jetzt ist wohl alles klar und sogar ida rogalski stutzt (stutzt). da ruft eine frau nachbarin die so aussieht wie alle nachba rinnen im tv das heisst die ein kopftuch trägt und ein staubtuch: der ist sicher besoffen der alte. dann spricht die frau nachbarin noch weiter wie alle nachbarinnen im tv das heisst sie erzählt klatsch über neumann. sie spricht zuviel. sie sagt dass der alte trot tel neumann eine junge frau geheiratet hat die ihm vor zwei wo chen durchgegangen ist. mit einem jüngeren. seitdem säuft neu mann. die nachbarin sagt das alles in vielen worten die von den zuschauern erkannt werden die worte nämlich. aha.
plötzlich schnüffelt frau rogalski. noch ehe sie wortlos dramatisch nach der rückseite des hauses stürzen kann und mit einem stein eine fensterscheibe im erdgeschoss einschlagen wissen die zuseher schon: aha gas! sie riechen es förmlich. jetzt geht alles sehr schnell. wie alle nachbarinnen ist diese frau nachbarin zu blöde um mit frau rogalskis handlungen schritt halten zu können. sie steht dumm dabei und glotzt. die zuseher fiebern und helfen im geist kräftig mit. frau rogalski umwickelt ihre hand mit einem taschentuch greift durch die zerbrochene scheibe und schiebt innen den riegel zurück. dann presst sie das taschentuch vor den mund und stürzt in die küche. die kamera fährt wie wild. richtig: gas! den hahn abdrehn und die fenster aufdrehen sind handlungen von sekun den. frau rogalski hustet. dann stürzt sie durch alle räume. hier ist das wohnzimmer. neumann liegt am boden eine leere schnapsfla sche neben sich. frau rogalski schüttelt klopft klatscht und wieder belebt. da ist das telefon. rasch einen krankenwagen. alles geht sehr schnell aber nicht zu schnell damit wir noch folgen können und die spannung geniessen. man erfährt dass es kein selbstmord war wie wir geglaubt hatten sondern neumann hat im suff verges

sen die flamme abzudrehen und das wasser ist übergekocht. also unfall. damit man nicht glaubt dass die firma die ja auch ein wenig mitschuld an neumanns verfassung trägt an einem selbstmord schuld sein könnte. ja was neumann jetzt braucht: berufliche aner kennung. damit er über seinen verlust hinwegkommt. schuld ver lust mitschuld das alles sind worte aus dem berufsleben dem har ten. die zuseher haben sie alle schon irgendwann gehört.
was folgt ist ein ernstes gespräch zwischen ida rogalski und dem bald ausser gefahr befindlichen neumann. was danach folgt ist ein ernstes gespräch zwischen frau rogalski und ihrem sohn michael dem jungen herrn chef. mit den zusehern hat sich noch keiner so ausführlich beschäftigt. sie kauen an ihren fingernägeln. sie selbst würden im tv lange nicht soviel hergeben wie man es in der fach sprache nennt. schluss folgt.

liebe jungen und mädchen

einen menschen erkennt man daran dass er im entscheidenden moment wie ein mensch und nicht wie eine maschine handelt. frau rogalski ist so ein mensch. die zuschauer von denen sehr viele mit maschinen umgehen müssen merken gleich den unterschied. frau rogalski handelt aber auch anders als viele menschen die die zuschauer so kennen. also muss zwischen frau ida rogalski und andren menschen auch ein unterschied bestehen nicht nur zwischen frau rogalski und einer maschine. überhaupt gibt es viele unterschiede. sicherlich kann mir jeder von euch mindestens 3 nennen. auf anhieb. sogar wenn ihr im tv auftreten würdet könnte man unterschiede zwischen euch und frau rogalski feststellen. hauptsächlich weil ihr noch jung seid und frau rogalski schon alt ist. nebensächlich weil frau rogalski einfach viel wichtiger ist als ihr es je sein werdet.

wirklichkeit

kaum war man eingestiegen drängte man sich auch schon um die fensterplätze. ingrid hat einen ergattert. endlich. schwitzend will sie sich darauf ausbreiten und es sich gemütlich machen. doch sie hat nicht mit gerda gerechnet. gerda wird von ihrer mutti nach vorn gestossen. weil du immer so unbeholfen bist sagt die mutti und gibt ihr einen nasenreiber. da ist doch einer frei. aber mutti da sitzt doch schon wer sagt gerda verlegen. da kennt die gerdamutter jedoch keinen spass. sie zerrt ingrid am ärmel und zwickt auch ein stück arm mit ein dass gleich ein blauer fleck entsteht. sehen sie nicht dass ich älter bin als sie? ingrid verteidigt ihren sitzplatz mit rotem gesicht. sie lässt sich nichts gefallen. ich war zuerst da sagt ingrid. recht hat sie! aber ein älterer hat mehr recht auf den fensterplatz schimpft die mutti. sie haben junge füsse und können ja stehen. die mutti boxt ihre gerda in den rücken. die gerda tritt ingrid mit dem absatz ihrer neuen stöckelschuhe ins schienbein. sie will dass ihre mutti den guten sitzplatz bekommt. ingrid spuckt gerda an und sagt sie haben den sitz ja nicht gekauft. also gehört er mir weil ich ihn zuerst gesehen habe. aber der platz war von mir besetzt die zeitung hab ich draufgelegt brüllt die gerdamutter los und spuckt zurück. pfui sie schwein ist ingrid frech spucken sie nicht.

da hebt die mutter die campingtasche mit dem campingbehälter und der campingflasche voll kaltem kaffee und holt schwung und pendelt sie ingrid ins gesicht. ingrids kopf knallt gegen die fenster scheibe. der mund bleibt ihr wie erstaunt offenstehen. auweh sagt sie dann. solche unschönen szenen sieht man kaum im fernsehen. die unschönen szenen im tv sind auch unschön aber anders un schön. sie sind zwar unschön aber BEDEUTUNGSVOLL. wenn zum beispiel in die sauerstoffflasche von porter ricks kohlenoxüd hineingerät oder wenn die österr. spielfamilie bei wünsch dir was frühzeitig ausscheiden muss.

was gefällt ihnen an ihrem freund am besten? dass er kamerad schaftlich ist. dass man mit ihm alles besprechen kann. sein humor. dass er humor hat und kameradschaftlich ist. dass man mit ihm über alles reden kann. er entspricht nicht dem ideal das ich immer gehabt habe: gross schlank dunkel und so. aber er ist trotzdem kamerad schaftlich und nett. dass er so ist wie ich ihn mir immer vorgestellt habe wie ich noch jünger war: gross dunkel schlank sportlich. aus serdem bringt er mir immer was mit. er kauft mir viele sachen.

die mutti und gerda zerren ingrid bei den beinen vom sitz weg. ingrid ist zu angeschlagen um protestieren zu können. ihr kopf brummt wie ein ganzer bienenschwarm. dabei hat sie sich so auf ihren ersten betriebsausflug gefreut. extra eine stunde früher ist sie aufgestanden damit sie nur ja einen fensterplatz kriegt. und jetzt das! sie zwickt gerda die unter ingrids last keucht in die beine und überall wo sie etwas von gerda erwischen kann. gerda zuckt wie von einer hornisse gestochen und dreht ingrid das ohr um dass es anschwillt. sie lässt sich so was nicht gefallen. da applaus. hände klatschen. der herr chef ist eingetroffen! er fährt mit zum betriebs ausflug. er betritt den bus um die abteilungsleiter persönlich zu begrüssen. der bus ist ganz neu und modern mit kopfstützen. und andren extras. wie die düsengeschosse zischen die mutti mit ihrer gerda und die ingrid vom sitz hoch eine stolpert über die andre. darf ich ihnen meinen platz anbieten herr chef. hier ist noch ein fensterplatz frei. in der fahrtrichtung. hier herr chef. die mutti hebt gerda hoch und versucht sie im gepäcknetz zu verstauen da mit sie nur ja aus dem weg ist. hier ist frei brüllt ingrid mit letzter kraft hier! der mutti rinnt der schweiss herunter vor angst dass sich der herr chef woanders hinsetzen könnte. der herr chef (herr koe ster) schaut freundlich in die richtung des lärms. da springt ein datenverarbeiter zur mutter hin und zerrt sie an den haaren davon während ein andrer angestellter die beiden lehrlinge wie fussbälle vor sich her dribbelt. viele hände stopfen die drei unter einen and ren sitz damit sie nur aus dem weg sind und der herr chef einen schönen sitzplatz bekommt. danke sehr meine herren. (gelächter.) aber ich fahre mit meinem wagen. wir treffen uns im gasthof wie der. schon steigt der herr chef aus dem bus und springt in sein auto. keiner ist dem herrn chef deshalb böse. viele haben doch zu hause selbst einen hübschen wagen stehen. aber heute fahren sie alle zu sammen im bus. das wird lustig! auch die mutti gerda und ingrid dürfen wieder herauskriechen und sich saubermachen. der boden war nämlich ölig. gerdas weisses sommerkleid ist hin. hilfsbereite hände reichen papiertaschentücher servietten und ähnliches. ge meinschaftlich hilft man bei der säuberung. so gut es eben geht. aaah sauber! es kann losgehn herr chauffeur! so ein schönes wetter. gerda denkt schade um das neue kleid. ingrid denkt hoffentlich sind wir zum fernsehn wieder zurück. die mutti denkt tv ist ja schön. aber die natur ist in wirklichkeit noch schöner. gut dass wir beides haben. die wirklichkeit und das tv! alle denken: gut dass wir es uns aussuchen können die wirklichkeit oder fernsehn. nicht?

erzählung

ist das heute wieder ein radau im kinderzimmer. ruhe! inge meise versucht die aufgebrachten gemüter zu beschwichtigen. tommy schreit am lautesten. er wirft immer wieder seinen grossen bunten ball über das gitter seiner gehschule und will ihn dann wiederha ben. ächzend bückt sich frau meise und hebt das spielzeug immer wieder auf. sie sagt mein begabter junger kollege zu tommy. als tommy ihr den ball an den kopf wirft kriegt er von ihr einen auf wärtshaken dass es rauscht in den ohren. sein spielkamerad mi chael wischt sich die apfelmusverklebten händchen immer wieder an der schürze seiner mutter frau ida rogalski ab. endlich wird dieser der spass zuviel. sie biegt michaels handgelenke so fest in die falsche richtung ab dass sie wahrscheinlich gebrochen sind. oder sind sie nur geprellt? jedenfalls heult michael als ob sie gebrochen wären und nicht nur geprellt. aber auch prellungen oder verstau chungen tun sehr weh. aber gott sei dank hat michael im büro genug kinder denen er zur strafe dann die hände umbiegen kann oder die ohren ausreissen oder das gesicht auf den rücken drehen kann.

freitag um 4 uhr ist die arbeit der woche vorbei. freitag um 4 fühle ich mich so glücklich und frei. gerda hüpft die stufen des koester hochhauses hinunter und singt ihren song. der freitagabend gehört entweder dem fernsehn oder dem beatklub. die übrige woche ge hört herrn koester. aber am freitag ist frei! auch viele andre lehr linge und angestellte sind frei(frei). im büro sind sie natürlich auch nicht gefangen. aber es ist doch nicht dasselbe wie frei sein meint gerda. wenn sie am abend den fernseher aufdreht klingt ihr das schöne lied entgegen: freitag um 4 ist die arbeit der woche vorbei. freitag um 4 fühle ich mich so glücklich und frei. manchmal darf gerda im fernsehen auch das kinderzimmer vom herrn chef be trachten. durch einen dicken bildschirm getrennt. sie sieht dann zu wie tommy fisch einen apfel isst und von einer jungen schönen schauspielerin lange geküsst wird. sie sieht auch wie porter ricks seinen jungen kalte milch bringt und freut sich weil sie selbst etwas viel besseres daneben stehen hat nämlich eine cola. ihr geht es doch gut der gerda. manchmal beobachtet sie inge meise als eine mutter wie ihre eigene mutti eine ist. wenn die mutti ihr eine ohrfeige gibt dann weiss gerda genau das war meine mutti und nicht frau ro galski. dann weiss gerda genau das war wirklichkeit und nicht fernsehn. gerda spürt das. tv ist schöner. und tut nicht weh! es tut nicht weh obwohl man DABEI ist.

manchmal setzt sich auch herr koester an das laufställchen um seine lieblinge ein wenig zu beobachten. pssst leise sein mahnt frau rogalski dann. mann kann herrn koester zwar die meinung sagen aber man muss schon tun was er anschafft. allerdings lacht auch herr koester recht herzlich wenn sein michael durch das gitter hin durch gerdas bein erwischt und es zusammendreht wie ein nasses wäschestück. das geschrei das darauf folgt hört man bis ins letzte stockwerk. immer noch schmunzelnd steckt herr koester dem lehrling die faust in den mund damit er ruhig ist. gerda kippt gleich um. beim abendlichen fernsehn darf sich gerda vorstellen dass sie vom herrn chef vor allen leuten gelobt wird. wenn sie sich vorstellt wie sie vom herrn chef vor allen leuten gelobt wird denkt sie ganz schnell an etwas ganz andres und presst die knie zusammen. so wohl tut ihr dieser gedanke dass sie ihn gar nicht lange denken kann. da ist ihr porter ricks schon lieber. den wird sie sicher nie treffen in der wirklichkeit. wenn sie porter ricks treffen könnte wäre er sicher irrsinnig nett zu ihr.

freitag um 4 freue ich mich auf die stunden mit dir. freitag um 4 liegen tage voll sonne vor mir. und ich habe die taschen voll geld. für 2 tage gehört mir die welt. die lehrlinge gerda und ingrid sowie die andren lehrlinge die wir noch nicht kennen freuen sich wie beses sene. sie schleppen schwer an ihren taschen voll geld. überall haben sie es hingestopft. das geld. herr koester kauft sich für sein geld häuser und autos und solches zeug. die lehrlinge wissen dass das alles nicht glücklich macht. sie geben im fernsehen gut acht was man mit dem schönen geld alles anfangen kann. im fernsehen haben leute mit viel geld oft schwierigkeiten. manchmal verlieren sie sogar ihr vermögen. das kann gerda und ingrid nicht geschehen. sie sparen auf mopeds kleidung reisen fotoapparate und auf andre klasse dinge. ätsch sagt ein lehrling. herr koester hat kein moped aber ich kauf mir bald eines. für 2 tage gehört gerda und ingrid die welt die ihnen im tv gezeigt wird. das tv zeigt ihnen auch gleich was sie mit dieser welt alles machen können. die andre wirkliche welt gehört natürlich herrn koester. aber die ist auch nicht so aufregend. immer nur langweilige parties golfspiel und so. nein da hat unser flipper doch viel viel aufregendere abenteuer zu bestehen. jeder lehrling ist sein eigener kleiner mini flipper. jeder lehrling wünscht sich seinen eigenen kleinen mini porter ricks. diese welt ist auch prima wenn die tage nicht so ganz voll sonne sind. aber meistens sind sie ja voll sonne. ausserdem: fernsehn kann man im zimmer!

tommy und michael greifen auch nach ingrids haaren wickeln sie sich um die handgelenke und ziehen die ingrid kopfvoran zum laufgitter hin. dann versuchen sie ingrid in ihren kreis zu ziehen. durch das gitter hindurch. aber der ingridkopf ist zu gross. er knackt in allen fugen wie ihn michael durchzwängen möchte. aber da spricht herr koester ein machtwort. ingrid bleibt draussen. mi chael und tommy bleiben drinnen. aber wenn michael einmal raus darf dann erlaubt ihm herr koester dass er ingrids kopf gegen die mauer hämmert bis nur mehr hals da ist. das ingridquälen ist mehr ein spiel für draussen. für regentage nimmt man spiele für drinnen. herr koester wünscht sich mehr sonnentage für seine lehrlinge.

und dann gehn wir 2 zum tanzen das ist der schönste tag für mich. und dann werde ich dir sagen: ich bin so glücklich.
ingrid und gerda gehen mit 2 ähnlichen lehrlingen zum tanzen. das ist der schönste tag für sie. gerdas lehrling sagt zu gerda: ich bin so glücklich. ingrids lehrling sagt zu ingrid: ich bin so glücklich. alle vier sausen herum vor freude belämmert. sie umarmen einander und zeigen überhaupt dauernd wie glücklich sie sind. gerda und ingrid versuchen dauernd das tanzen so zu machen wie es ihnen bei den teenager parties im tv vorgezeigt wird. stundenlang werden kleider begutachtet frisuren ausprobiert undsoweiter. das ist etwas was man vor dem bildschirm auch nachmachen kann. wenn man keinen zahmen delfin hat muss man tanzen. wenn man keine fa brik hat muss man zumindest drinnen arbeiten. ein lehrling: mir macht die arbeit freude weil die arbeit ist es ja die das ganze leben ausmacht. ausserdem will man doch einmal eine familie gründen. gerda und ingrid sind solche mit denen mal eine familie gegründet werden wird. sie zerbrechen sich den kopf wo sie einen zahmen delfin für ihre späteren kinder herkriegen könnten. sie zerbrechen sich ihre köpfe wie sie später mal eine fabrik für ihre kinder her kriegen könnten. und einen chef wie den herrn koester. ein guter chef ist sehr wichtig. und gute arbeit ist auch sehr wichtig. das sagt die mutti auch immer. patrizia zerbricht sich nicht den kopf wie sie später mal eine fabrik für ihr kommendes kind herkriegen könnte. sie hat schon eine fabrik. deshalb kann patrizia das fernsehn auch unbeschwert geniessen. die lehrlinge können das fernsehen nicht so unbeschwert geniessen wie patrizia weil flipper wieder einmal in gefahr ist. eine tellermine treibt umher! hoffentlich kann er sich retten. wie kann man unbeschwert sein wenn flipper der tod droht?

tja liebe kinder!

für euch alle noch mal der text zum mitschreiben: freitag um 4 ist die arbeit der woche vorbei. freitag um 4 fühle ich mich so glück lich und frei. und ich habe die taschen voll geld. für 2 tage gehört mir die welt. freitag um 4 freu ich mich auf die stunden mit dir. freitag um 4 liegen tage voll sonne vor mir. und dann gehn wir 2 zum tanzen das ist der schönste tag für mich. dann werde ich dir sagen: ich bin so glücklich.
da kann man nur eines sagen: hingehen und nachmachen!
wie gesagt es kann aber auch sein dass am freitagabend ein beson ders schönes fernsehprogramm läuft. dann ist es selbstverständlich essig mit dem tanzen. man kann natürlich auch beim fernsehn glücklich und frei sein. und noch ein guter rat: wenn die welt viel leicht schon jemand andrem gehören sollte für diese 2 tage dann setzt euch besser auch am samstag und am sonntag vor den fernse her. vor allem am samstag. da laufen immer die aufregenden fami lienspiele! besser als das büro sind die noch lange.

wirklichkeit

warum sind sie hier in diesem beatlokal? weil es mir freude macht unter gleichaltrigen zu sein. weil ich gerne tanze und musik höre. weil hier heisse platten gespielt werden. weil ich gerne ausgehe. weil ich gerne mit gleichaltrigen zusammen bin. weil hier alles schön ist die musik das tanzen und alles. weil ich nicht zu hause sitzen möchte. weil ich die beatmusik mag. weil ich selbst in einer band spielen möchte und hier kann ich alle platten hören. mir ge fällt es hier so gut dass ich gar nicht mehr nach hause gehen möchte. ich möchte immer hier sein tag und nacht. weil ich mich vom betrieb erholen möchte. weil meine freundin gerne tanzt. ich weniger. ich bin mit meinem freund hier. sagen wir es ist laut ja aber ich höre es trotzdem gern. man kann sich richtig einhören in die musik. das ist gute musik zum tanzen. ich bin sehr gerne hier. wenn man jeden tag 8 stunden arbeitet braucht man mal was and res. zur abwechslung zur arbeit. ich bin jeden tag hier. es gefällt mir sehr gut. trinken tue ich hier nicht viel. ich sitze nur und höre platten. weil sie gute platten spielen. weil sie heisse musik machen. weil ich die neue popmusik mag. mir gefällt es hier sehr gut. weil ich gerne unter jungen leuten bin. im betrieb bin ich der einzige lehrling lauter alte leute. weil mir das gefällt sich schön anziehn und tanzen gehen. weil es mir gefällt. weil ich gerne hier bin.

wenn sich der herr chef verlobt wird die sekretärin bockig und aufsässig. sie weint heimlich auf der toilette. sie gibt freche ant worten. sie macht anspielungen. sie ist heimlich in den chef ver liebt. sie versucht den herrn chef eifersüchtig zu machen. sie macht fehler im büro. einmal kommt im umkleideraum der arbeiterinnen eine geldbörse mit 300 schilling weg. die sekretärin hat sich dort angeblich die hände gewaschen obwohl sie dort nichts zu suchen hatte. der betriebsrat besteht darauf ihren kasten zu durchsuchen. er sagt für eine arbeiterin sind 300 schilling viel geld. die sekretärin weigert sich die schlüssel herzugeben. der betriebsrat sagt dann muss ich die polizei rufen. der chef sagt bitte nicht keinen skandal nicht die polizei mein vater wird wahnsinnig. der betriebsrat be steht darauf die sekretärin sagt um keinen preis mache ich den ka sten auf ich habe die börse nicht. der chef sagt ich weiss dass sie die börse nicht haben. aber machen sie doch den kasten auf sie kind. nein. um keinen preis. frohbotschaft: die börse hat sich gefunden. die sekretärin weint. der chef besteht drauf dass sich die arbeiterin entschuldigt. die sekretärin sagt sie will keine entschuldigung. der herr chef sagt die arbeiterin wird sich entschuldigen und sie wer den die entschuldigung annehmen. seien sie gescheit! die sekretä rin geht nach hause. da merkt der herr chef dass der kasten nicht abgeschlossen ist. die türe quietscht. er macht die türe ganz auf: im kasten hängt gross mit reissnägeln angeheftet ein bild von ihm auf genommen beim letzten betriebsausflug. der chef lächelt. dann geht auch er nach hause.

warum sind sie hier in diesem beatlokal? weil ich nicht immer zu hause sitzen möchte. dauernd fernsehen ist ja auf die dauer fad. weil ich mich unterhalten möchte. mit gleichaltrigen. weil ich hier die leute treffe die ich gerne treffe. weil es mir gefällt einfach des halb. weil die alten zu hause immer streiten und an mir herummek kern. da geh ich lieber hierher. da kann ich gute platten hören. weil ich doch mit meiner freundin irgendwohin gehen muss. weil ich meinen freund hier treffe. mir gefällt es weniger aber ich gehe eben mit. meine eltern sehen immer fern. wenn ich da platten auf lege schreien sie gleich los. weil ich gern tanze. weil ich gerne musik höre. weil es mir hier gut gefällt. weil es laut ist. da muss man nicht soviel reden. es ist ja laut bitte das geb ich zu. aber das laute ist ganz klass.

unser fotomodell lynn sutherland hat viele hobbies. sie kocht gern sie bastelt lustigen schmuck und sie denkt sich originelle frisuren aus. manchmal macht sie auch unserm fotografen konkurrenz und «schiesst» ihre kolleginnen allerdings mehr privat. aber ihr liebstes hobby ist schlafen. 10 bis 12 stunden täglich. dass sie bei all diesen nebenbeschäftigungen noch zeit für ihren beruf das modellstehen findet ist sehr beachtlich.

weil ich lieber hier bin als zu hause. weil ich gerne unter gleichaltrigen bin und musik höre. weil ich gerne tanze. weil mein freund gerne hier ist. weil ich die popmusik mag. ich würde am liebsten immer hier sein tag und nacht. überhaupt nicht mehr nach hause gehen oder arbeiten. wenn mich mein chef hier sehen könnte würde er sagen: der führt sich ja auf ich weiss nicht wie ein... affe aber nicht wie ein mensch. aber ich bin sehr gerne hier. weil ich die musik gern höre.

gerda denkt: manche mädchen gehen über die strasse als ob die strasse ihnen gehören würde. so selbstsicher und schön. gerda geht über die strasse als ob die strasse jemand andrem gehören würde. so ängstlich.

liebe buben und mädel!

ja da hat gerda recht. nicht wahr? manchen merkt man die anstren gung gar nicht an die es kostet eine strasse zu überqueren. sie set zen einen fuss vor den andren als ob ihre füsse dafür gemacht wä ren. oft tragen sie pakete oder bücher oder etwas andres das gerda oder ingrid nur sehr selten tragen. für gerda oder ingrid sind sogar die vielen autos fast unlösbare probleme. sie schauen erst links dann rechts und dann zur sicherheit noch mal links. sie sind vor sichtig. sie können nicht so schnell laufen weil sie wenig sport be treiben. sie haben mehr sitzende beschäftigungen. manchmal glaubt gerda das muss an den beinen liegen. oder daran dass diese mädchen schön angezogen sind. wenn sich gerda aber dann ein neues kleid kauft merkt sie dass es daran nicht liegen kann. sie schaut nämlich noch immer zuerst nach links dann nach rechts. und fürchtet sich fast ununterbrochen. ausserdem kann sie nie so schön aussehen egal was sie auch unternimmt. manchen merkt man die anstrengung nicht an die es kostet sich überhaupt aufrecht zu halten. gerda ist eben von natur aus anders. gerda ist eben mehr scheu und schüchtern. ihr seid mehr sportsmädel. hab ich nicht recht?

ende der erzählung

wünsch dir war. stargast: gilbert bécaud. das publikum applau diert wie am spiess. teilweise mischt sich johlen und jubel unter den applaus. bravo gilbert! bravo monsieur 10000 volt! gilbert kommt und singt gleich los. er singt als ob er was dafür bezahlt bekäme. er singt lange. er ist fröhlich. er verbreitet gute laune auch wenn keiner den text versteht oder nur wenige. jetzt tanzt er gar der star. er tanzt zu einer dicken dame im publikum die in der ersten reihe sitzt. sie hat ein schwarzes spitzenkleid an. er singt sie an. sie wird ganz rot und verlegen. sie ist einerseits geschmeichelt andrerseits ist es ihr peinlich vor allen leuten und den kameras. sie versteht kein wort von gilberts gesang das merkt man. dann TANZT der charmante franzose auch noch mit ihr. er zieht sie aus ihrem sitz hoch und tanzt fröhlich mit ihr im kreis. die dame ist krebsrot im gesicht schwitzt wie ein schwein und schämt sich. trotzdem lächelt die dicke dame als ob sie dafür genausoviel be zahlt bekäme wie monsieur 10 000 volt. sie denkt die ganze zeit was die bekannten wohl dazu sagen werden dass sie im fernsehen mit gilbert bécaud tanzt. sie lächelt noch immer obwohl sie sich zu tode geniert. sie lächelt aus verlegenheit. ja die begegnung mit einem derartigen star ist nicht so einfach. für keinen von uns.

andrerseits ingrid. einmal ist es geschehen dass michaels mutter frau ida rogalski sie für eine sekretärin gehalten hat und um eine auskunft fragt. sie sagt sie sind doch die sekretärin die ich letzte woche im chefbüro gesehen habe liebes fräulein. ingrid knicken beinahe die beine ein vor stolz. wie gut dass sie heute das schöne kostüm anhat das sie früher immer zum fortgehen mit ihrer mutti und am sonntag getragen hat. sie bringt keinen laut über die lippen und wird immer röter. frau rogalski fragt können sie mir sagen ob mein sohn der juniorchef noch im hause ist? ingrid holt tief luft und stottert ver zweifelt ja und nein und ich habe ihn heute noch nicht gesehen und so. sie ist völlig fertig dass plötzlich frau rogalski mit ihr spricht. aber da kommt bereits der herr abteilungsleiter heran. gleich merkt er was los ist. er hebt ingrids rechtes bein hoch dass sie den halt verliert und kopfvoran gegen die mauer klatscht wie ein insekt gegen eine lampe. dann zieht er das ganze schmale persönchen mit einem ruck zu sich heran dass ingrid den halt gänzlich verliert und auf den boden platscht wie eine bananenschale. oder wie ein butter brotpapier oder wie ein fallen gelassenes ei oder wie sonstwas das auf den boden platscht und dort einen fleck macht. denkt über mehr vergleiche nach liebe buben und mädel. jedenfalls liegt sie da nun. und schämt sich halb zu tode. weil man ihre unterwäsche unter dem kurzen rock sehen kann. weil der herr abteilungsleiter und viele andre angestellte ihre unterwäsche sehen können und die ist nicht so schön (schön).

ähnliches muss die fette fünfzigjährige in vicos goldenem schuss empfunden haben als sie beim lockerungsspiel in einen sack steigen musste und so zum andren ende der bühne hüpfen und von dort einen teller mit pudding oder etwas ähnlichem ohne es zu verschüt ten wieder zurückbringen musste. ihr konnte man ebenfalls von unten bis zum nabel sehen als sie in den sack hineinkletterte. sie hat eine lange weisse baumwollunterhose getragen. sie hat sich sichtlich geschämt wie ein kleines kind dem seine mutter sagt schäm dich.

und trotzdem tun sie alles was man von ihnen verlangt. merkwür dig. findet ihr nicht auch?

die mutter der schweizer spielfamilie muss über einen bildschirm mit ansehn wie ihr mann elke sommer um einen kuss bittet. er fühlt sich unbeobachtet und doch sind kameras und die augen von millionen auf ihn gerichtet. wie peinlich. die schweizer mutti lacht schallend sie wiehert wie ein ross. aber innen ist sie ganz rot vor scham. fast laufen ihr die tränen herunter. wie peinlich. und dann muss sie sich im harmoniespiel in der endrunde von ihren kindern noch eifersucht als ihre schlechteste eigenschaft vorwerfen lassen! sie lacht und kreischt aber sie ist richtig wund und aufgerieben. na wartet wenn wir zu hause sind! wenn keiner mehr zusieht! aber immerhin die eifersucht als übereinstimmung brachte viele punkte und damit den sieg für die schweizer familie: eine schöne traum reise. toll! aber zuerst wird abgerechnet. die schweizer mutti lacht schallend. alles ist so lustig bei vivi und dietmar. sie schämt sich dass sie glaubt sie wird verrückt.

aber die arbeiterfamilien schämen sich nicht wie sie auf offener bühne die andren arbeiterfamilien empfangen sollen. sie sagen darf ich ihnen etwas anbieten? nehmen sie platz. sie sind richtig stolz. wie schön sie es haben. die möbel und so. und alle haben es ganz gleich. peinlich wäre es erst wenn sie bei ihren chefs auf besuch wären. dann schon.

ha meine lieben jungen freunde

das wäre für euch auch ungewohnt so viele menschen die zusehen. glaubt mir das.
sicherlich wart ihr aber alle schon in situationen wo ihr euch in grund und boden geschämt habt. denkt nur ruhig nach. im berufs leben aber auch in der familie daheim kommt das oft genug vor. allerdings im berufsleben schon viel öfter. da sind immer so viele fremde leute! allerdings so peinlich wie der familie stöhr ihre toch ter leonie in der durchsichtigen bluse war euch sicherlich noch selten etwas. aber peinlich genug. wenn zum beispiel der herr chef euch vor allen anbrüllt. oder ein andrer herr chef euch vor allen anbrüllt. spürt ihr wie euch das gesicht erstarrt die mundwinkel zucken als ob ihr sie nicht in der gewalt hättet und die röte bis zu den ohren und bis in den hals hinein kriecht? spürt ihr das? dabei seht ihr dann so hässlich aus dass sich gleich noch ein paar andre für euch mit genieren. ihr wärt natürlich jetzt gerne weit weit fort. dabei müsst ihr hierbleiben und geld verdienen. im gegensatz dazu wären eure vorgesetzten gerne ganz nahe bei euch. immer. denen macht das spass wie ihr eure hässlichen gesichter in den handflä chen versteckt. und nicht mehr zwischen den fingern durchguckt. die schmieren euch höchstens noch schwarze farbe hinein in die hände. denkt doch mal wie lustig: ihr hebt den kopf wieder nach dem ihr euch genug geschämt habt und seid plötzlich pech schwarz! grosses gelächter. rasch in den waschraum hände wa schen. damit wieder platz wird für eure armen gesichter. nur gut dass eure frauen und kinder daheim das eben nicht sehen konn ten!

ende der nacherzählung

heute darf neumann (wiederhergestellt) zum erstenmal ins büro gehen. ungewohnt schüchtern dreht er seine kappe zwischen den fingern. da kommt eine sekretärin mit einem anruf: herr neumann sie möchten bitte zum herrn juniorchef kommen. grossaufnahme. man sieht förmlich die gedanken. herr neumann weiss er hat eine entlassung tausendmal verdient durch eigene schuld. jetzt wird es soweit sein! wie abschiednehmend schaut er alles das er aufgebaut hat noch einmal an. dann zieht er den arbeitsmantel aus und steigt in den lift. er weiss was ihn erwartet. und er wird sich beugen. er hat sein unrecht EINGESEHEN. er würde es gerne ungeschehen machen aber er kann es nicht. es ist nun einmal geschehen. nichts macht es wieder rückgängig. er klopft schüchtern an. michaels junge stimme: herein! herr neumann betritt den raum. drinnen befinden sich ein riesiger schreibtisch voll papier und schreibkram (für einen mann der praxis wie neumann einer ist etwas völlig überflüssiges ha ha) ausserdem der junge herr chef eine sekretärin und der herr werbeleiter den neumann nur flüchtig kennt. mit so neumodischem zeug hat man damals nach dem krieg noch nicht so sehr viel zu tun gehabt. aber jetzt braucht man wohl die teu ren plakate und inserate und das übrige. neumann schämt sich sehr dass er seine entlassung vor allen diesen leuten erfahren muss. er senkt den kopf will zum reden ansetzen etwas sagen... da: schauen sie sich doch mal dies an neumann sagt michael. der wer beleiter rollt ein stück papier das er die ganze zeit in der hand gehalten hat auf und neumann erschrickt und ist sprachlos man sieht wie neumann erschrickt und sprachlos ist. er zuckt zusam men und sagt nichts und schaut nur blöd. auf dem plakat blickt ihm in überlebensgrösse sein eigenes gesicht entgegen! na so was! und daneben steht: dieser mann ist unser experte in sachen kaffee. sie wissen schon koester kaffee. und dann klein: grosses preisaus schreiben. näheres bei ihrem kaufmann. und unten steht ebenfalls in riesengrossen buchstaben: diesem mann können sie vertrauen. neumann glaubt es reisst ihn auseinander. der tv zuschauer weiss nicht wird er lachen oder weinen oder beides. michael überspielt geschickt die verlegenheit des alten mannes und sagt: wir starten jetzt ein grosses preisausschreiben. wir fordern unsre kunden auf ihre kaffeepackungen auf stinkbohnen hin zu untersuchen. wenn einer eine unbrauchbare packung gekauft hat und sie zurückbringt bekommt er dafür 3 neue. ist das nicht eine 1a idee? und da neu mann noch immer nichts sagen kann: so fangen wir 2 fliegen mit 1 schlag. ihr fehler ist wiedergutgemacht und wir gewinnen neue kunden. diese werbeaktion wird ein ungeheurer erfolg sie werden sehen neumann und wissen sie wer uns die grundidee dazu gelie fert hat? meine mutter. und als neumann zu stammeln schleimen und stottern beginnt und die hand michaels zu ergreifen und drük ken versucht und als ihm die tränen über die backen laufen sagt michael: bei ihr müssen sie sich bedanken neumann. sie war dafür

ihnen noch eine chance zu geben. nützen sie sie! wird das aber noch mal vorkommen neumann? tief schauen sich die beiden in die augen der alte & der junge. und neumann kann nur weinend den kopf schütteln und michaels hand fast zu brei quetschen. der ver zieht zwar das gesicht lächelt aber dann und sagt nun gehn sie wieder an ihre arbeit es ist alles in ordnung sie können unbesorgt sein. und dann scherzhaft: wie fühlt man sich so wenn man sein bild an jeder strassenecke bewundern kann?
neumann weiss noch nicht wie das ist wenn man sein gesicht an jeder strassenecke bewundern kann aber sicherlich ist es fein. wenn man plötzlich nicht mehr niemand sondern jemand ist. gleich wird er unten in der rösterei mit den arbeitern zu schreien anfangen. und keiner wird mehr was sagen weil neumann kommt sogar in die zeitung. trotzdem. neumann war bescheiden und bleibt bescheiden. ausserdem weiss er genau was passiert wenn er unbescheiden wird. das heisst man würde ihn gar nicht erst unbe scheiden werden lassen.
aber das bild ist wirklich gut getroffen. so echt wie im wirklichen leben. (so echt wie im wirklichen leben. fast noch echter.)

noch mal guten tag meine lieben da bin ich wieder oft komme ich nicht mehr das kann euch wirklich leid tun

es scheint tatsächlich so: ende gut alles gut.
im fernsehn haben alle diese sachen ein ende. in der wirklichkeit hat man eher das gefühl sie fangen dauernd an. vielleicht deshalb weil sie so lange anhalten.
vielleicht dauert die wirklichkeit sogar noch an wenn ihr das hier lest. glaubt ihr nicht dass sie schon zu lange ist für ein gutes stück? kein mensch kann so lange zuschauen ohne dass ihm alles weh tut.

ende der wirlichkeit

eben bekommt patrizia gerade ihr kind. sie liegt in der privatsta tion der klinik. der chefarzt persönlich ist bei ihr. nervös geht mi chael am korridor auf und ab & raucht unzählige zigaretten. herr koester patrizias vater ruft alle viertelstunden an ob es schon so weit ist. er ist in einer wichtigen besprechung und kann noch nicht weg.
das kind ist eben dabei zu kommen. der kopf ist schon fast draus sen. patrizia schreit. es ist auch ein ereignis. es ist ein ereignis das zuerst sehr weh tut aber wenn es überstanden ist dann denkt man nicht mehr an die schmerzen nur noch an die freude.
wenn es ein bub wird soll er sascha heissen. wenn es ein mädchen wird soll es natascha heissen.
gerda und ingrid heissen ingrid und gerda. sonst nichts.
gleich wird das ganze kind dasein. die junge hebamme arbeitet rasch und geschickt. es ist ein junge. fein. vater wird sich freuen denkt patrizia. es ist ein sascha. da ist er schon. er brüllt wie am spiess. ein gesundes kind. wir gratulieren. alle strahlen. scherzhaft meint der herr professor: er will jetzt schon seine fabrik überneh men das kleine kerlchen. patrizia lächelt etwas müde aber glück lich. das kind ist draussen und ist da.
wie ich vorausgesagt habe die schmerzen sind vergessen.
gerda und ingrid glauben manchmal dass sie die schmerzen die sie jetzt schon mit 16 haben in hundert jahren nicht vergessen können. vorläufig freuen sie sich aber auf die feier im betrieb die das freu

dige ereignis würdigen soll. sie helfen mit ihr büro zu dekorieren. ein angestellter bringt sogar blumen aus dem eigenen garten mit. hübsch sieht das aus. überall wird auf ein taufgeschenk gespart. die diskussionen beginnen: soll man dem kind etwas praktisches oder mehr etwas besondres schenken? alle sind für etwas besonderes. sie haben ja noch ein paar tage zeit zum nachdenken. gerda hat zu ihrem letzten geburtstag von ihrer mutti ein poppiges uhrarmband bekommen. das ist schon etwas besondres. aber was soll ein baby mit einem uhrarmband?

gerda denkt pausenlos über das geschenk nach. ihr wird schon was einfallen. alle werden sie loben weil gerade ihr das richtige einge fallen ist. sie freut sich wie ein kind auf das aufsehen.

wenn sie allerdings zuviel nachdenkt bei der arbeit wird ihr der herr bürochef eins auf die finger geben. da nützt es ihr nichts wenn sie sagt: ich habe an das kleine baby gedacht. weil der herr büro chef glaubt sie hat nur an sich selber gedacht.

guten tag und auf wiedersehn liebe junge freunde

ihr habt morgen wieder einen schweren tag vor euch.
zu eurem beruf braucht ihr nämlich eine tüchtige portion fleiss und begabung.
allerdings braucht ihr zu eurem feinen kirschkuchen noch eine tüchtige portion schlagobers. lauft rasch und holt sie euch bevor der «kommissar» anfängt!
wenn der bildschirm erst mal dunkel ist findet ihr vielleicht die richtige schüssel nicht mehr so rasch.